냄새와
그 냄새에 관한
기묘한 이야기

냄새와 그 냄새에 관한
기묘한 이야기

1판 1쇄 찍음 2021년 2월 17일
1판 1쇄 펴냄 2021년 2월 25일

지은이 심혁주

주간 김현숙 | **편집** 변효현, 김주회
디자인 이현정, 전미혜
영업 백국현, 정강석 | **관리** 오유나

펴낸곳 궁리출판 | **펴낸이** 이갑수

등록 1999년 3월 29일 제300-2004-162호
주소 10881 경기도 파주시 회동길 325-12
전화 031-955-9818 | **팩스** 031-955-9848
홈페이지 www.kungree.com
전자우편 kungree@kungree.com
페이스북 /kungreepress | **트위터** @kungreepress
인스타그램 /kungree_press

ISBN 978-89-5820-709-2   03800

냄새와
그 냄새에 관한
기묘한 이야기

이 세상의 냄새를
상상하는 시간들

심혁주 지음

궁리
KungRee

☾

빛과 불의 세상입니다.
우리는 감정과 관계를 잃어갑니다.

•

이 이야기는 '소리' 편에 이은
'냄새'에 관한 작은 이야기입니다.

일러두기

이 저서는 2018년 대한민국 교육부와 한국연구재단의 지원을 받아
수행된 연구임(NRF-2018S1A6A3A01022568)

시작하며

◈

1

'링'의 땅이라 불렸던 티베트는 물[水]과 아이[兒]의 세상입니다. 낮과 밤의 구별이 선명합니다. 파아란 호수가 있고 통통한 물고기가 있습니다. 설산에는 표범과 여우도 삽니다. 어른들은 소리 듣기를 좋아하고 아이들은 냄새를 따라다닙니다. 그곳에는 소리와 냄새가 있습니다.

이 글은 어느 날 사라진 저의 대만 친구 리우저안을 찾아가는 티베트 여행에 가깝습니다. 거의 무모하게 아무런 준비도 없이 친구의 부모님이 주신 편지와 그가 남긴 불교사원의 주소만 가지고 말이죠. 보시면 알겠지만 여행길에서 경험한 기이한 일들은 대부분 저의 상상이자 동경으로 만들어낸 이야기입니다. 하지만 모두 지어낸 것은 아닙니다. 사실이고 직접 본 것도 있습니다. 설산으로 올라가는 여행길에 그런 일들이 일어나면 얼마나 재미있고 설렘이 있을까, 하는 어린아이 같은 생각이 들어 그렇게 지은 것입니다.

여행은 떠나는 것이 아닌 누군가를 만나러 가는 길이라고 생각했기 때문입니다.

책 속에서 저는 친구의 냄새를 기억하며 여기저기를 찾아다닙니다. 그와 같이 들었던 티베트어 수업, 기숙사에서 겪은 지진, 비오는 날의 라면, 고량주와 훠궈, 학교 운동장, 벤치, 권투장, 줄넘기, 야간 동물원, 저안이의 부모님, 수영장 등에서 있었던 추억과 감정을 기억하며 그의 냄새를 추적했습니다. 냄새는 얇거나 두껍고, 멀거나 가깝고, 강하거나 약하거나, 사소하거나 거창한 것과는 상관없이 대상의 원형을 환기시키는 힘을 가지고 있다고 믿기 때문입니다. 보이지 않는데도 말이죠.

기억은 감정을 바탕으로 합니다. 어떤 순간의 감정은 어느 시절을 지나 경험이나 추억으로 뭉쳐지고 그것이 또 시간이 흘러 기억이 되는 것입니다. 거기에는 하늘, 땅, 인간, 자연, 동물, 보이지 않는 어떤 알갱이들과 뭉텅거림들 그리고 관계가 숨어 있습니다. 그 요소들이 그 순간과 시절의 기억을 결정하는 것입니다. 그러므로 관계와 감정이 앙상한 사람은 기억이 빈곤할 수밖에 없습니다. 무엇보다 슬픈 것은 그 빈약한 감정과 추억은 기어코 자신이 가지고 있던 고유한 냄새까지도 훼손한다는 사실입니다. 기억은 결정적이고 치명적일 수 있기 때문입니다. 보태지거나 착각일지라도 말이죠.

인간은 눈으로 보고, 혀로 맛본 것만을 기억합니다. 이 말은 보지 못하고 맛보지 못한 것은 눈과 혀가 기억할 수 없다는 것입니다. 무엇이든 보고, 듣고, 맛본 것만을 몸과 정신은 기억할 수 있습니다. 그래서 우리들이 어떤 환경에서 누구와 무엇을 보고, 듣고, 관계 맺는지가 중요합니다. 그것이 감정이 되고 추억이 되고 기억이 되기 때문입니다.

티베트사원에서 만난 라마승 할아버지가 들려준 말이 생각납니다.

숨(嗽)을 가진 생명체들은 말이죠. 욕(慾)을 가지고 있습니다. 욕구, 욕망, 욕심, 이런 것들이 있으니까 움직이는 겁니다. 그러니 욕을 소유한 존재들은 자신만의 소리와 냄새가 있지요. 그건 생명을 유지하는 본질이기도 하고 살아 있다는 존재의 특징이기도 합니다.

2

냄새는 무엇으로 이루어질까요? 저는 티베트로 가는 여행 내내 그것을 생각했습니다. 먼저 소리를 생각했습니다. 이 세상에 존재하는 모든 생명체는 자신만이 간직한 고유의 울림이 있기 때문입니다.

생명체는 탄생과 동시에 소리를 받습니다. 그러므로 숨의 리듬을 가진 존재들은 저마다 자신들의 소리를 가지고 있습니다. 크고 작든, 길고 짧든 간에 저마다의 울림이 있습니다. 움직이기 때문에 소리는 당연히 나는 거지요. 소리가 나면 그 소리에 상응하는 냄새도 나오게 마련입니다. 소리만 있고 냄새가 없는 생명체는 없습니다. 소리와 냄새는 살아 움직이는 생명체의 존재 방식이기 때문입니다. 나무도, 사슴도, 바위도, 구름도, 호수도, 바위도, 인간도 모두 그렇습니다.

소리와 마찬가지로 냄새는 보이지 않습니다. 때문에 사람들은 없다고 생각하기도 하고 공기와 같은 존재로 인식하기도 합니다. 있지만 없는 것, 존재하지만 보이지 않는 물질, 필요하지만 불필요하게 여겨지는 알갱이들. 하지만 보이지 않는 것의 가치와 위대함은 눈으로 확인할 수 없다는 것에 있습니다. 눈으로 확인할 수 있는 대상은 직접적이고 측량할 수 있지만 그것이 진실이고 완전하다고 할 수는 없습니다. 반면 보이지 않는 것들은 물질적이지 않고 수치로 환산할 수 없지만 생명의 바탕을 이루고 있습니다. 숨. 맥박, 리듬. 소리, 냄새, 공기, 감정, 기억, 체온 등이 그렇습니다.

냄새는 기억을 떠올리게 합니다. 나와 가족들, 나와 동물들, 나와 자연들이 함께했던 사계절을 생각나게 합니다. 그러므로 냄새는 완벽한 과거를 가지고 있습니다. 냄새에서 미래를 맡을 수는 없습니다. 그러니까 냄새는 자신의 과거 경험 중에 어떤 기분 좋은 또는 슬픈 추억이나 경험을 갖고 있다는 것입니다. 그게 떠올라서 순간 기분이 좋아지기도 하고 슬퍼지기도 하는 겁니다. 단순히 코로 들어온 냄새 때문에 침이 고이거나 무엇이 떠오르는 것은 아닙니다. 냄새는 코로 맡는 것이 아닙니다. 혀로 맛을 보고 귀로 소리

냄새와 그 냄새에 관한 기묘한 이야기

를 듣는 것처럼 냄새는 그런 기능적인 수준에 머물지 않습니다. 냄새는 자신의 의지와는 상관없이 어느 순간, 어떤 공간에서 과거의 기억이 떠오르는 것입니다.

냄새는 경계가 없습니다. 이쪽과 저쪽, 안과 밖, 물질과 정신, 여자와 남자, 문명과 야만, 밝음과 어둠, 인간과 동물, 아름다움과 추함을 나누지 않습니다. 분별과 판단에 따라 눈은 감을 수 있고 입은 닫을 수 있지만 코는 그렇게 하지 않습니다. 선을 긋거나 나누지도 않습니다. 모든 것을 받아들이고 저장합니다. 그리고 그것을 바탕으로 대상의 감정과 성질을 읽어냅니다.

해부터에서 붉은 나무가 저에게 했던 말이 생각납니다.

나는 인간들이 사용하는 언어를 부러워하지 않아요. 그걸 흉내 내거나 배우려고 해본 적도 없어요. 입을 통해 나오는 말은 뱉고 나면 흩어지고 금방 사라지잖아요. 웃고 떠들면 없어지잖아요. 차라리 냄새로 상대방을 판단하고 기억하는 것이 좋아요. 그건 위장할 수가 없거든요. 갑옷을 입고 있어도, 두터운 화장을 한다 해도, 자신의 몸 안에서 나오는 그 냄새를 숨길 수는 없어요. 결정적인 순간에는 흘러나오게 돼 있어요. 특히 인간의 경우에는.

3

인간은 타자와 교감하며 감정을 발산하는 존재입니다. 싫든 좋든 대상과의 관계에서 형성된 감정은 경험으로 나아가고 추억으로 쌓이며 자신만의 기억의 모양으로 남습니다. 그리고 그 기억들은 어떤 냄새로 저장되는 것입니다.

냄새가 나지 않는다는 것은 슬프고 가련한 일입니다. 왜냐하면 그것은 고립된 존재, 죽어가는 상태이기 때문입니다. 죽어가는 생명의 특징은 소리가 줄어들거나 없어지고 자신만의 냄새가 사라지거나 고약해진다는 겁니다.

우리가 사는 세상은 점점 빛[光]과 불[火]의 세상으로 들어가고 있습니다. 뜨겁고 환하고 신속하고 쾌락적인 세상으로 말이죠. 사람들은 그런 세상을 마다할리 없습니다. 몸이 좋아하기 때문입니다.

속도와 연결을 무기로 하는 디지털과 인간의 노동을 대신해주는 인공지능에서는 고유한 냄새를 맡기 힘듭니다. 기계는 숫자와 전진만이 있을 뿐 후회와 벅참, 눈물과 기쁨, 위로와 다독임 같은 감정은 존재하지 않기 때문입니다. 그러므로 우리가 그것들과의 만남에서 감정과 교감을 형성하기는 어렵습니다. 거기에는 차가운 소유와 명령의 관계만이 있을 뿐입니다.

티베트에서 만난 해부사가 했던 말이 생각납니다.

불을 꺼야 합니다. 빛과 불을 멈추어야 해요. 산불이 일어나고 빙하가 녹고 있어요. 불을 끄지 않으면 하늘도 무너지고 바다도 넘칠 거예요. 그렇게 되면 소리와 냄새는 사라지는 거죠.

어쩌면 대상을 더욱 애틋하고 감수성 있게 느낄 수 있는 것은 보이지 않는 것들에 있다고 생각합니다. 그것들은 눈과 혀로 판별할 수 없기 때문입니다. 그리고 또 어쩌면 소리보다 냄새가 더욱 정확하고 섬세하게 구체적인 어떤 기억을 잡아준다는 생각이 듭니다.

이 글을 쓴 이유입니다.

프롤로그

◈

1만 년 전,

천둥이 화를 내던 밤.

바다 속에 살던 산(山)은 솟구쳐 고원이 되었다.

나무, 사슴, 인간이 모여들었다.

그들은 자신들 앞에 나타난 새로운 땅을 '링'이라 부르기로 했다.

무지개가 산책하던 오후,

하늘에서 악마를 내려 보냈다.

악마는 무지개를 타고 링에 내려왔다.

그는 링의 첫 번째 왕이 되었다.

왕의 이름은 '바람을 타는 말'이었다.

그는 하늘에게 하나의 질문을 받고 내려왔다.

링의 사람들은 무엇으로 살아가는가?

그것을 알게 되면, 그때 다시 하늘로 올라오라는 것이었다.

왕은 살펴보았다.

공기가 모자랐다.
모두가 말을 적게 했다.

번개와 천둥 지진과 폭설
큰 돌과 커다란 우박이 사람들을 힘들게 했다.
하지만 사람들은 불평하지 않았다.

여름이 되자 홍수가 났다.
기운찬 물이 바위를 쪼개듯 흘렀다.
왕은 강으로 나아갔다.
물고기들은 통통했다.
사람들은 물고기를 잡아먹지 않았다.

왕은 궁금했다.
이 사람들은 무엇으로 살아가지?

가을이 되자 태풍이 불었다.
왕은 하늘을 보았다.
새가 무리 지어 날아갔다.

사람들은 새를 보고 고개를 숙였다.

새는 평화로워 보였다.

사람들은 새도 잡아먹지 않았다.

왕은 궁금했다.

이 사람들은 무엇으로 살아가지?

·　·　·

겨울이 되자 안개가 덮쳤다.

왕은 바람이 부는 고원으로 올라갔다.

붉은 나무가 보였다.

왕은 나무 곁으로 걸어갔다.

시신의 눈알을 새가 부리로 찍는 것을 보았다.

왕은 생각했다.

아. 이곳의 새는 죽은 사람의 몸으로 사는구나.

봄이 오자 왕은 폭포로 갔다.

물소리는 시원했다.

'풍덩' 하는 소리를 들었다.

무언가 폭포 밑으로 떨어지는 소리였다.

왕은 궁금했다.
뛰어갔다.

노인이 허리를 굽혀 강물을 내려다보고 있었다.
그는 울고 있었다.

왜 우는가?
왕은 물었다.

방금 딸의 몸을 잘라 강물에 던졌습니다.
노인은 주먹으로 눈물을 훔치며 말했다.

왜인가?
물고기들이 먹습니다.

왕은 무릎을 꿇고 아래쪽을 내려다보았다.
잘려나간 아이의 팔과 엉덩이에 달라붙은 물고기들이 보였다.
물고기의 아가미는 신나 보였다.

왕은 구토가 올라와 얼굴을 돌렸다.
노인은 같은 자리를 빙글빙글 돌고 있었다.
옷은 더럽고 해져 있었다.
뺨은 발길질 당한 개와 같았고

냄새와 그 냄새에 관한 기묘한 이야기

광대뼈는 심하게 두드러져 있었다.

살갖은 터지고 피부는 투박했다.

수염이 무성했고 귓구멍에서 흰 털이 삐죽 나와 있었다.

노인은 혼잣말을 했다.

울음소리인가.

한숨소리인가.

신음소리인가.

왕은 알아들을 수 없었다.

그날 밤.

왕은 거대한 연(鳶)을 만들었다.

연의 날개에 편지를 썼다.

이렇게.

링은 척박합니다. 결핍의 땅입니다. 먹을 것도 입을 것도 없습니다. 공기는 부족해 숨도 쉬기 힘듭니다. 무엇이든 부족합니다. 하지만 이곳의 사람들은 자신의 몸을 배고픈 새와 물고기들에게 아낌없이 줍니다. 전 이걸 **˙라고 생각합니다.

무지개가 내려왔다.

◆　'**'은 이 책 끝부분에서 친구 저안이 전해주는 우리 인생의 키워드이다. 독자 여러분이 읽어나가면서 답을 직접 찾아보시길 바란다.

차례

◈

1부

시(詩)

．　．　．

놈의 피부가 햇살에 번질거리고 있다.

혼자니? 넌, 하루 종일 몇 발자국이나 움직이니?
예상치 못한 나의 질문에 놀랐는지 놈이 고개를 돌리고 왼발을 허공으로 든다.

어디, 가려고?
나는 바나나를 벗기며 놈을 추궁한다. 놈이 달걀노른자 같은 눈동자를 껌뻑이며 책상 위로 던진 바나나 껍질을 쳐다본다.

방충망에 붙어 있는 저놈은 하루 종일 저 자세와 태도를 유지한다. (창문) 틈 사이에 낀 먼지와 때를 먹고 사는 걸까. 허기져 보이는 놈의 배는 징그럽기도 하지만 만져보고 싶기도 하다. 틈 사이로 가위나 바늘을 넣어 놈의 배에 대볼까. 붉은 피가 나올까. 아니 녹색 피가 나올지도 모르지. 그나저나 저놈을 어떻게 창문에서 떼어내지. 반짝이는 손거울을 가지고 가서 얼굴을 비춰줄까.

덥지?
나는 산과 구름이 그려진 부채를 흔들어대면서 놈에게 말했다. 내가 또 말을 걸자, 놈은 신경질이 났는지 철사 같은 혀를 내민다.

도마뱀. 놈이 내 책을 먹고 싼 똥 냄새는 고약했다. 라면을 끓여 먹고 창문을 열어 환기를 시키던 날, 놈은 오랫동안 기다렸다는 듯이, 방으로 기어들어와 책을 깔고 앉아 며칠을 뭉개더니 기어코 똥을 갈기지 않았던가. 그때 나는 놈의 똥 냄새를 맡고 며칠 동안 멍한 적이 있었다. 시간이 지날수록 놈의 냄새는 나의 기숙사 방 안을 넓고 깊게 장악해왔는데 책을 먹었으면 당연 종이 냄새가 나야 하는데 다른 냄새가 났다. 나는 파리채를 들어 위협했지만 놈은 꿈쩍도 하지 않았다. 어쩔 수 없이 창문을 열어놓았다. 여러 날을 활짝.

　냄새와 그 냄새에 관한 기묘한 이야기

．　．　．

그해 여름.

저기요? 누가 이쪽을 들여다보며 부른다는 소리를 들었으나 나는 내 방이 아니고 앞방일 거라는 생각에 냉장고에서 얼굴을 빼지 않고 그대로 있었다.

맞지요? 저안이 친구. 부부로 보이는 남녀가 문 입구에 서서 내 쪽을 들여다보고 있다. 문과 내 방 사이에 끼여 있는 방충망 때문에 그들의 얼굴이 잘 보이지 않았다.

잠깐만요. 나는 얼른 반바지를 입으며 대꾸했다.

그들은 내가 문 쪽으로 다가가자 뒤로 조금 물러났다.

방충망 사이로 얼굴이 보인다. 가만히 보니 그들은 저안이의 부모님이었다.

어, 안녕하세요? 작년 여름방학에 집에 놀러 갔을 때 훠궈(火锅)를 해주시던, 그리고 〈대장금(大長今)〉을 재미있게 보고 있다던, 한국 사극은 너무 재미있다고, 어쩜 그렇게 다들 잘생기고 예쁜지 모르겠다고, 그러면서 나도 잘생겼다고 해주시던 저안이의 어머니가 저만치 서 있다. 얼굴표정이 심상치 않다. 그 뒤에서 아버지는 염주를 쥐고 서 있다. 창문에 붙어 있던 놈이 무료한 듯 이쪽을 돌아본다.

연락이 안 돼서요. 저안이의 어머니는 벌과 꽃이 새겨진 자색 손
수건을 꺼내 이마를 문지르며 나에게 말했다. 그때 뒤에 서 있던
아버지는 어머니의 어깨에 손을 얹고 싶은 표정이었는데 나를 보
더니 그렇게 하지 않았다. 어머니는 손수건으로 눈 밑을 짓누르며
말했다.

　어디 간다고 하지 않던가요? 제일 친하잖아요. 어머니의 작은
눈은 이미 퉁퉁 부어서 거의 감은 듯했다. 금색의 테를 두른 안경
을 벗고 손수건으로 다시 눈가를 누른다.

　미안합니다. 아침부터. 뒤에 서 있던 아버지가 처음으로 입을 열
었다.

　아닙니다. 벌써 일어났는걸요. 나는 텁텁한 공기 속으로 손을 저
으며 말했다. 어머니가 말한 건 사실이었다. 저안이는 친구가 거의
없었으며 집으로 나를 데려간 것이, 친구라고 집으로 초대한 사람
이 내가 처음이었다고 했다.

　저도 보지 못했어요. 나는 작게 말했다.

　어디 갔을까요? 어머니의 목소리는 거의 울먹이기 시작했다. 아
버지는 뒤쪽에서 한발 앞으로 나오며 고개를 들어 내 방을 둘러보
았다. 그리고 어머니의 어깨 위에 자신의 손을 얹어 살짝 눌렀다.
나는 좀 전에 내 머리통을 들이밀었던 냉장고에서 반쯤 남은 생수
를 꺼내 종이컵에 반쯤 따라 그들 앞에 내밀었다. 어머니는 받아
한 모금 마셨고 아버지는 그냥 받기만 했다.

제가 좀 알아볼까요? 나는 다소 쩔쩔매는 표정으로 저안이의 행방을 찾아보기는 하겠지만 확신할 수는 없어요, 하는 얼굴로 그들을 쳐다보았다. 어머니는 다시 한 번 손수건을 꺼내 눈가를 짓누르며 그래줄래요, 했다. 아버지는 미간을 살짝 움직였는데 밝은 표정은 아니었다.

이렇게 오랫동안 연락이 안 된 건 처음이에요. 어머니는 이미 준비한 듯 명함 크기의 종이를 들고 있던 갈색 백에서 꺼내더니 나에게 주었다. 거기에는 집주소와 전화번호가 적혀 있었다.

나는 겁이 덜컥 났다. 못 찾으면 어떡하지? 아버지의 뺨이 방충망에 달라붙어 있는 놈에게 향했다. 그는 말을 아끼는 듯 아무 말도 하지 않았다. 그런데 그러한 그의 표정 덕분에 오히려 나는 무언가를 할 수 있는 의지와 감정이 생겨났다.

여보. 오늘밤은 수면제를 먹지 않아도 될 것 같아요. 어머니는 처음보다는 부드러운 눈길로 남편을 바라보며 말했다. 그리고 손수건을 꺼내 코를 풀었다. 밍밍한 콧물이 손수건 위에 박혀 있는 벌의 날개를 적셨다. 아버지가 작게 들썩이는 어머니의 어깨에 다시 손을 올리며 힘을 주었다. 그만 가자는 신호인 듯했다.

그날 아침 저안이의 부모님과 나는 햇볕이 고드름처럼 날을 세우고 들이치는 방문턱에 서서 침묵과 띄엄띄엄 이어지는 그들의

아들이자 나의 친구 저안이의 행방에 대한 이야기를 했고 그 사이
할 말이 없으면 방충망에 붙어 있는 권태로워 보이는 놈의 얼굴을
번갈아 쳐다보았다.

　　　　　· · ·

　리우저안. 그날 새벽, 그가 벌게진 얼굴로 내 방을 찾아온 건 뜻
밖이었다.

　무슨 일이야? 이 시간에. 나는 수건을 목에 두른 채 그를 쳐다보
았다. 그는 잠시 서 있더니 손에 쥐고 있던 종이를 내밀었다.
　이게 뭔데? 내가 묻자 그는 방의 규모에 비해 상당한 점유율을
자랑하는 나의 냉장고 문에 그 종이를 탁, 하고 붙였다.

　　뭐냐니까?
　　출가시(出家詩).
　　뭐?
　　순치(順治)황제가 쓴 시야.

저안이는 준비한 듯 읽기 시작했다.

　　天下叢林飯似山
　　곳곳이 숲이고 쌓인 것이 먹을 것이니
　　鉢盂到處任君餐
　　대장부 어디 간들 굶기야 하겠는가
　　黃金白璧非爲貴
　　황금과 백옥만이 귀한 것은 아닐텐데

惟有袈裟被最難

가사 옷 얻기가 이렇게 어려운가

　나는 목에 두른 수건을 만지며, 못마땅한 표정을 지었다. 저안이
는 개의치 않고 계속 읽었다.

悔恨當初一念差

헛되고 별 볼일 없는 욕심으로

黃袍換却紫袈裟

황금옷을 입어버렸네

我本西方一衲子

나는 원래 아무것도 없었는데

緣何流落帝王家

어떤 이유로 이 자리를 차지했나

　그의 뜬금없는 새벽의 낭송을 듣자, 나는 어리둥절을 넘어 화가
나기 시작했다.

어때? 저안이가 묻는다.

모르겠어. 나는 퉁명스럽게 대답하며 물었다. 그게 끝이야?

아직 좀 남았어. 저안이는 다시 읽기 시작했다.

十八年來不自由

　　　　　　　　　　　냄새와 그 냄새에 관한 기묘한 이야기

18년 세월 동안 자유라곤 없었지

山河大戰幾時休

강산을 뺏는 싸움들은 부질없는 시간들

我今撤手歸山去

나는 이제 박수를 치며 산속으로 들어가려니

那管千愁與萬愁

근심걱정 사라지겠지

끝났어. 어때?

하나도 못 알아듣겠는걸.

출가(出家)해야겠어.

누가? 너?

교실을 벗어나야 해.

무슨 말이야?

난 티베트로 갈래. 같이 갈래?

아니. 난 싫어. 결혼도 할 거도, 고기도 먹을 거고, 아기도 가질

거야.

난, 갈 거야.

언제?

여기 정리되면 바로.

휴학할 거야?

학교를 그만둘 거야. 아예.

말을 마치자 저안이는 비장한 얼굴로 돌아섰다. 그의 마음속에서 어떤 열망이 일어난 것일까. 저안이는 나가려다 방문 앞에서 잠시 주춤하더니 돌아보았다. 앙다문 입을 살짝 달싹였다. 무언가 말할 줄 알았는데 주먹을 그러쥐더니 그냥 나갔다. 거침없는 등이었다. 그때 설마 했다. 잠시 흥분했을 거야. 그런데 그 후로 저안이는 정말로 사라져버렸다. 그게 한 달 전, 새벽의 일이었다.

냄새와 그 냄새에 관한 기묘한 이야기

· · ·

저녁이 되면 나는,
우롱차(茶)를 달인다.
시경(詩經)을 낭송한다.

어둠이 넘어가면 나는,
불을 끄고 가만히 허공을 응시한다.
가만히 있으면 사물은 기어코 윤곽을 드러낸다.
창밖으로 지나가는 오소리의 엉덩이가 보이고
오묘한 기운이 다가오는 것을 느낄 수 있다.

밤이 되면 나는,
불안의 실체와 마주한다.
극심한 공허감이 몰려온다.
그러면 그것을 흩트리기 위해 기숙사 복도에 나가 갓 배운 태극
권을 연습한다.

새벽이 오면 나는,
어떠한 간섭도 받고 싶지 않다.
관조(觀照)를 시도한다.
내면의 안정을 도모한다.
사물의 고유한 냄새를 기다린다.

여명이 오기 전 나는,

배움의 어려움을 느낀다.

그것은 사사로움을 갖는 것보다 더 어렵다는 것을 감지한다.

또 그 사사로움을 갖지 않는 것이 제일 어렵다는 것에 슬퍼한다.

와장창. 불안감이 몰려온다.

그 새벽에 저안이가 온 것이다.

· · ·

똑. 똑.

작은 노크다. 내가 좋아하는 이 새벽에.

누구?

자니? 나야.

나는 화장실에서 수돗물을 틀고 있었기 때문에 처음에는 그 소리를 듣지 못했지만 이상한 느낌이 들어 얼른 수건에 손을 닦고 문을 바라보며 가만히 있었다.

나야.

저안이니?

응. 나야.

냄새와 그 냄새에 관한 기묘한 이야기

그가 방문을 열고 가로막고 있던 방충망을 밀며 한 발짝 들어선다. 악의 없는 그의 발가락이 나의 방으로 꿈틀 들어온다.

그가 맑은 눈으로 몽롱한 나의 눈알을 보며 말한다.

저안: 이 시를 보고 느낀 게 있어.

나: 뭔데?

저안: 책을 읽고 수업시간에 토론하는 것은 아무런 의미가 없는 것 같아.

나: 의미가 없어?

저안: 봐. 이 황제도. 천하를 얻은 사람도 이렇게 말하잖아.

나: 그건, 그 사람이 정신이 온전치 못해서, 배가 불러서 그런 거야.

저안: 공부는 입으로 하는 게 아니고 몸으로 하는 거야. 그런 것 같아.

나: '몸'이라고?

나는 어이가 없어 얼굴을 돌렸지만 저안이는 들고 온 순치황제의 시를 들여다보며 말을 이어갔다.

저안: 이론으로 떠들어봐야 아무 소용없다는 말이지. 몸으로 해야 해. 공부는.

나: 몸으로 공부를 어떻게 해?

저안: 경험하는 거야. 심장으로.

나: 경험?

저안: 경험은 체험과 다르지.

나: 뭐가 달라?

저안: 체험은 그냥 일시적인 거야. 경험은 시간과 성숙함을 포함하고 있지만…

나: 난 잘 모르겠어.

저안: 난, 이곳으로 갈 거야.

나: 어디?

그때 그의 얼굴에서 어떤 엄숙함이 나에게 건너오는 기분이 들었다.

· · · ·

저안이가 그 새벽에 냉장고에 붙여놓은 종이의 뒷면에는 작고 단단한 글이 씌어 있었다. 만년필로 또박또박 쓴 티베트어였다.

འབྲི་གུང་མཐིལ

어떤 사원의 이름 같았다.

·　·　·

　저안이가 사라지고 가을이 왔고 그 가을이 지나자 어리석고 추운 겨울이 어김없이 왔다. 계절은 누구의 허락도 받지 않고 스스로 잘도 온다. 나에게 걸맞는 겨울옷은 없었다. 하지만 나는 여전히 내가 좋아하는 새벽이 오면 반바지에 목이 늘어진 검정색 런닝을 입고 학교 운동장으로 뛰어갔다. 아침이 올 때까지 학교 여기저기를 배회했다. 사라진 저안이를 생각하며 두 팔을 대공원의 대관람열차처럼 크게 휘두르기도 했고 철봉에 거꾸로 매달리기도 했다.

　정말, 그곳으로 갔을까?

　한 달 뒤. 나는 저안이 부모님의 집으로 찾아갔다.

　어서 와요. 어머니가 문을 열어주며 묻는다. 어떻게 왔어요?

　전철 타고 왔어요. 아직 날아다니는 법을 배우지 못해서요. 나는 머리를 정돈하며 말했다.

　마셔봐요. 철관음(鐵觀音)이에요. 어머니가 내놓은 차는 녹슨 철로를 우려낸 것처럼 붉었다.

　어제 저녁 나는 저안이 어머니에게 전화를 했다.

　찾아가 보려고요. 어머님.

　그럼, 떠나기 전, 저녁 먹으러 와요. 점심이 편한가요?

　아니요. 저는 저녁이 더 좋아요.

　그래요. 그럼. 내가 맛있는 거 준비해놓을게요.

어머니는 차를 입에도 대지도 않고 손수건을 무릎에 끌어다 놓은 채 나를 쳐다보았다. 무언가를 기대하는 눈빛으로. 아버님은 집에 없었고 거실을 어둡게 만든 커튼은 무겁게 내려져 있었다.

혹시, 찾게 되면 제가 뭐라고 전할까요?

보고 싶다고… 엄마가…

네.

그리고 이거?

뭐죠?

편지예요. 찾게 되면 전해줘요.

네.

그럼, 건강하게 돌아와요.

문 앞에서 어머니는 나를 꼬옥, 안아주었다. 그로부터 또 한 달 뒤, 난 저안이가 갈 것이라고 말했던 티베트로 나도 가게 되었음을 믿지 않았지만 현실은 그렇게 흘러갔다. 그가 냉장고에 붙인 한 장의 종이와 중앙도서관 앞에서 같이 찍은 우리들의 사진만 가지고 말이다.

　북경서역. (칭짱)열차가 역으로 들어온다. 사람들은 용의 열차라 부른다. 나는 손을 들어 열차의 머리를 어루만지고 싶었지만 표정이 불만투성인 공안이 나를 쳐다보는 것이 느껴져 그만두었다. 하지만 나는 열차에 다가가 작게 소곤거렸다.

　　　이제 너를 믿고 너의 몸 안으로 들어갈게.
　　　나를 하늘 아래 그곳으로 데려다줘.
　　　나는 그곳에서 누군가를 꼭 찾아야 하거든.

　열차는 당연하지만 아무 말도 하지 않았고 곧 떠날 테니 그만 지껄이고 올라타라는 듯 나를 무시했다. 좀 더 여유를 부리며 거대한 용의 열차를 느긋하게 감상하고 싶었지만 아까부터 줄곧 의심하는 듯한 눈초리로 나를 쳐다보는 공안을 보며 나는 손을 들어 반가운 척 인사를 하고 올라탈 수밖에 없었다. 바로 그때 겨울임에도 불구하고 반팔을 입은 어떤 남자가 난간을 부여잡고 훌쩍 뛰어올라 올라탔는데 그 순간 나는 의도하지는 않았지만 너무도 가까워서 그의 헐거운 피부를 살갗이 뼈에서 축 늘어진 가느다란 팔뚝을 보았다.

　7호 칸. 식당에는 빈자리가 보이지 않았다. 어정쩡하게 서서 두리번거리고 있는데 누가 봐도 안내원처럼 생긴 사람이 다가와 괜찮으면 합석도 가능하다고 했다. 나는 왠지 불편해서 그냥 콜라만 사 가지고 나가고 싶었다. 그때 오른쪽 구석의 테이블에서 두 명의 손님이 일어서는 것이 보였다. 나는 그쪽으로 가 앉겠다고 말하고 얼른 그 자리로 뛰어갔다.

저 앞쪽 테이블은 아무래도 한국인 같다. 어딜 가나 한국인은 있고 눈에 띈다. 남극, 북극, 아니 아무도 가지 않을 곳 같은 지구상의 어디에도 한국인은 있다. 이건 매일 아침 떠오르는 태양보다 더 정확하다. 콜라는 아직 나오지 않고 있다. 멍청히 식당 안을 몇 바퀴씩이나 둘러보았더니 하품이 나온다. 생각보다 입이 크게 벌어져서 눈물이 고였다. 그것이 곰발바닥이나 박쥐 똥처럼 귀한 요리가 아닌데, 그냥 사다놓은 콜라 캔을 따고 얼음을 넣은 글라스에 따르면 될 터인데. 그놈의 콜라는 아직도 나오지 않고 있다. 내가 손을 크게 들어 좀 전의 안내원처럼 생긴 별일도 없는데 그냥 바쁜 듯이 서성이는 그를 부르려는 순간, 한 여인이 다가왔다. 그러더니 우아하고 세련된 손짓으로 합석이 가능하냐고 물었다.

여기, 자리가? 발목이 환히 드러난 초록색 원피스를 입은 여인이라는 것을 알아차리는 순간 콜라만 마시고 금방 갈 거라는 생각이 들어서 굳이 안 될 것도 없다는 생각이 들었다.

앉으세요. 나는 손을 뻗어 앞자리의 의자를 공손히 가리켰다. 그러면서 그녀가 의자를 뒤로 빼는 순간 손가락과 손목을 쳐다봤다. 무언가를 상상하는 기대감은 언제나 좋다. 그녀는 맥주 한 병을 주

　　　　　　냄새와 그 냄새에 관한 기묘한 이야기

문했다.

　고마워요. 그녀가 내는 목소리의 끝은 작고 희미한 웃음이 들어가 있었는데 그 소리는 좀 몽롱했다. 그녀가 담뱃갑을 꺼내 탁자 위에 올려놓는다. 고전(古田)이라고 씌어 있다.

　나: 그거, 맛있나요?
　그녀: 그럼요. 달콤하죠. 그런 말은 처음 듣네요. 담배가 달콤하다는…. 해보실래요?

　말할 때마다 그녀의 귀에 작게 박혀 있는 진주알이 알맞게 반짝인다.

　나: 아니요. 전 술은 해도, 담배는 안 합니다.

　나는 콜라에서 작은 얼음을 빼 입안에서 녹였다.

　그녀: 왜, 남녀는 서로 자기와 다른 성향의 사람에게 끌리는 걸까요?
　나: 네에?
　그녀: 누가 그러더라고요. 사랑에 빠질 땐, 인간의 코가 본능적으로 유전적으로 맞는 사람을 알려준다는 거예요. 그러니까 본능적으로 자신과 가장 다른 사람을 알려준다는 거지요. 자신이 가진 선천

성 장애를 본능적으로 피하고 다양한 유전자를 수용하기 위한 거라는데요. 어떠세요?

그녀의 질문은 제법 흥미로웠다. 새벽안개가 자욱한 호수의 가운데에서 조각배에 앉아 그녀와 단둘이 대화를 나누는 것 같은 기분이 들어 나는 일단 가만히 그녀를 응시했다. 그녀는 맥주를 반쯤 마시고 다시 나를 쳐다보았다. 나는 그녀가 맥주를 마실 때 고개를 약간 뒤로 젖힌다는 것을 알게 되자, 그녀의 목과 목젖 그리고 목선을 바라보았다. 호두알처럼 불룩한 남자의 그것은 없었고 흰 버선의 뒤꿈치처럼 목에서 턱으로 이어지는 라인은 매끄러웠다. 여자가 수염이 없는 이유는 저기에 있는 것 같았다. 나는 몽롱한 눈빛을 숨기려고 콜라를 길게 들이켰다. 콜라는 보드카처럼 뜨거웠다. 흥미로운 이 순간이 좀 더 지속되기를 바라면서 콜라를 한잔 더 시킬까 생각했다. 그녀는 처음 보는 사람에게는 다소 무례할 수 있는 하지만 더 끌릴 수 있는 말을 이어갔다.

그녀: 상대방의 냄새를 맡는 것에 대해서 어떻게 생각하세요?
나: 냄새요?
그녀: 그건 상대방의 감정을 읽는 거죠.

그녀는 내가 물어보지도 않은 이야기를 의도적으로 하는 것 같았다. 나는 잠시 생각하는 척했지만 그보다는 왜 저런 말을 하는 거지? 저 여인은 나에게 수작을 거는 것인가. 아님 나의 얼굴이 그런 이야기를 좋아할 것처럼 생겼다고 생각하는 건가. 그녀는 담배를 피우려는 듯 담배 갑을 들었으나 담배는 꺼내지 않고 말을 이어 갔다.

그녀: 냄새를 상상할 수 있다고 생각하세요?

나: 상상이요…

그녀: 장면이나 소리를 상상할 수는 있어도 냄새는 좀 힘들죠.

나: 그럴 것 같아요.

그녀: 아빠는 젊은 시절에 코가 예민했어요. 동네 의사였는데 환자를 진찰할 때 눈보다는 코에 의존했죠.

나: 후각으로 진찰을 한다는 말인가요?

그녀: 이를테면 소변 냄새를 맡고 환자가 대장에 농양이 있는지, 당뇨병인지를 알 수 있는 정도.

나: 대단한걸요.

그녀: 하지만 아빠가 중년 이후에 축농증이 심해지면서 후각이 무뎌졌어요.

나: 무뎌졌다니요?

그녀: 시간이 지날수록 아빠는 후각으로 환자를 보지 못했어요. 그리고 더 시간이 지난 후에는 아예 후각을 상실했죠. 가스, 연기, 오줌 냄새를 맡지 못했고 자신에게서 나는 냄새도 스스로 확인하지 못할 정도로 심각했어요.

나는 팔짱을 끼고 그녀를 빤히 쳐다보았다. 그녀가 방금 이야기한 내용은 어떤 정신과 의사가 『환각』이라는 책에서 밝힌 실험이 야기와 비슷했다. 그럼 저 여인은 그 정신과 의사의 딸인가? 그녀 는 사랑하는 사람의 약점을 발견했을 때의 표정을 짓고 있었다.

그녀: 안타까운 건 아빠가 세상의 온갖 좋은 냄새를 즐기지도 못 하고, 음식의 미묘한 맛도 놓치게 되었다는 거예요. 어느 날 아빠는 그네를 타고 있는 나에게 말했죠. 애야, 후각을 잃어버리니 살맛이 나지 않는구나. 아빠에게 이유를 물으니 맛은 혀가 아니라 냄새에 도 의존하기 때문이라고 하셨어요.

혹시 아빠가 영국의 유명한 신경정신과 의사, 아닌가요 하고 묻 고 싶었지만 나는 묻지 않았고 자세를 고쳐 잡으며 제법 그럴싸한 질문을 했다.

나: 냄새를 한 단어로 설명할 수 있을까요? 냄새는 보통 여러 냄 새가 뒤섞여 있기 때문에 단호히 이것이라고 말하기는 어려울 것 같아요.
그녀: 맞아요. 냄새는 상황이나 공간에 의해 영향을 받죠. 그래서 말인데 인간은 나쁜 냄새에 대한 기억이 강하죠. 그건 동물도 마찬 가지고요.
나: 나쁜 냄새에 대한 기억?
그녀: 이런 거죠. 사슴은 사자의 냄새를 공포감과 함께 기억한다 고 해요. 그건 진화과정에서 천적의 냄새를 빨리 맡는 게 생존에 유

리하기 때문이라고 들었어요. 병원, 경찰서, 법원을 생각하면 불안하지 않나요?

나: 왜죠?

그녀: 그건 그것들과 함께한 경험과 기억의 냄새가 그렇게 기억되었기 때문이죠.

나: 그래서요? (나는 약간 불쾌한 듯 대꾸했다.)

그녀: 아, 오해는 마세요. 당신을 두고 한 말은 아닙니다. 다만 냄새는 감정이고 기억이다. 오로지 냄새만이 감정과 추억을 자극할 수 있다. 그러니까 우리가 지금 어떤 냄새를 맡는다는 것은 살아 있는 것이다. 축복이다. 이런 거예요. 비록 냄새가 동의나 허락도 없이 쳐들어 올지라도 말이죠.

그녀는 이야기 도중 화장실로 간다며 일어섰다. 뒤로 돌아가는 그녀의 걸음걸이는 차분했다. 걸음걸이에서 인간은 그 성격을 드러낸다. 초조와 불안, 차분함과 명랑함을 느낄 수 있다. 그녀는 다시 돌아오지 않았다.

체리 같은 빨간 입술을 다물고 붉은 냄새가 나올 거 같은 겨드랑이 아래로 악어가 입을 벌리고 있는 에코백을 챙기면서 그녀는 내 앞에 홀연히 나타난 것처럼 그렇게 사라졌다.

우
리
들
의

시
간

저안이를 처음 만난 곳은 티베트어 수업시간이었다. 교실은 학교 캠퍼스의 가장 서쪽 끝, 사회과학도서관 건물 뒤편에 파묻혀 있었다. 밖에서 보면 건물은 뭔가 허기져 보였는데 막상 교실 안으로 들어서면 널찍한 공간에 거리를 유지하면서 배치된 책상들은 명랑하게 보였다. 책상에는 대부분 고개를 숙이거나 구부정한 자세로 앉아있는 학생들의 뒤통수와 등뼈가 보였다 그들은 저마다 다른 목소리로 이야기를 재잘거리고 있었는데 유독 한 학생만이 창밖을 바라보며 조용히 앉아 있었다.

그는 대만의 아들[臺灣之子]이라고 씌어 있는 검은색 반팔 티셔츠를 입고 진한 청바지에 나이키 신발을 신고 있었다. 그의 뒷자리에 앉은 나는 슬쩍 그의 뒤통수와 책상 모서리에 걸린 가방을 보았다. 그는 한눈에 봐도 대만인이었다. 조각같이 잘 생기지도 않고 세련된 안경을 쓰지도 않았으며 다듬지 않은 더벅머리에 티셔츠가 헐렁할 정도의 마른 체형 그리고 뭔가 불투명해 보이는 눈빛. 대만이라는 섬에 길들여진 얼굴과 피부를 가지고 있었다.

그날 첫 수업이 끝나고 나는 담당교수의 몰골과 수업방식에 실망하였는데 왜 그랬는지는 모르겠지만 그의 등에다 대고 말을 했다.

교수님이 너무 심심하지 않니?
(그는 아무 대답도 하지 않았다.)
안녕? 나는 한국에서 온 선. 허. 쪼우.

말을 못 하나, 할 만큼의 시간이 흐르도록 그는 아무 말도 하지 않았고 그냥 나가려는 듯 가방을 어깨에 걸었다. 나를 개의치 않는 몸짓이었다. 내가 책상을 밀며 일어나자 그가 얼굴을 돌리며 말했다.

난, 저안, 리우. 저안. 이야.
점심 같이 먹을래?

우리는 학교 정문 앞 국수집으로 갔다. 점심시간이고 낮이어서 그런지 바깥은 3월의 햇살이 가득했고, 주차된 자전거와 오토바이들은 유리 파편 같은 햇살을 반사하고 있었다. 캠퍼스의 한낮은 밤처럼 근사한 느낌은 들지 않았다.

국수집의 에어컨 냄새는 미지근한 기름 냄새와 섞여 나의 코를 자극했다. 에어컨 필터 청소가 수년간 되지 않은 모양이었다. 입구부터 내가 코를 찡그리자 저안이는 에어컨 바람에서 가장 멀리 떨어진 곳에 자리를 잡고 주문을 했다.

이거 한번 먹어봐!
뭔데?
홍샤오니우로우탕미엔(红烧牛肉汤面)
어떤데?
국물이 매우면서 시원해.

주문을 하고 우리는 아무 말도 하지 않고 젓가락만 쥔 채 멀뚱

하니 다른 곳만 쳐다보았다. 어색한 침묵이 흘렀다. 가볍고 경쾌한
그러나 알아들을 수 없는 노래가 흘러나왔는데 내가 귀를 기울이
자 그는 대만의 유명한 원주민 여자가수, 아메이(张惠妹)라고 알려
주었고 지금 나오는 노래는 팅하이(听海)라고 했다.

> 写信告诉我今天
> 편지로 말해주세요.
> 海是什么颜色
> 오늘의 바다는 어떤 색인지
> 夜夜陪着你的海
> 밤마다 그대와 함께 산책한
> 心情又如何
> 기분은 어떤지

저안: 식당에서는 왜 이렇게 음악을 틀어놓는지 알아?
나: 기분 좋으라고?
저안: 아니. 그건 음악이 음식의 맛을 바꿔놓기 때문이야.
나: 정말?
저안: 가령 비가 오는 날과 눈이 오는 날 음악을 적절히 틀어놓으
면…
나: 그러면?
저안: 모든 음식이 맛있게 변하지. 마법처럼.
나: 아하.

저안: 식당 주인들은 이 사실을 분명히 알고 있어.

나: 듣고 보니, 정말 그런 거 같아.

저안: 난 음식도 그 이름, 혹은 그 단어의 소리에 따라 느낌이 달라진다고 생각해.

나: 그건 무슨 말이야?

저안: 이를테면 색과 소리 그리고 냄새와 감정은 서로 연결돼 있다고 생각해.

나와 저안이는 그렇게 노닥거리며 음악 속으로 미끄러져 들어가고 있었고 그러는 사이 나는 그의 손과 얼굴을 번갈아가며 보았다. 그건 내가 처음 만나는 사람을 쳐다보는 습관 중 하나였기 때문에 어쩔 수 없었다.

소고기육수에 국수가 들어가 있다는 그것이 나오기 전까지 우리는 띄엄띄엄 이야기를 했다. 그러면서 나는 음악을 들으며 식당 내부를 반복적으로 돌려보고 있었고 그는 공책을 꺼내서 무언가를 적었다. 그가 턱을 치켜 올리며 말했다.

저안: 난, 음식 냄새를 잘 맡지 못해. 간도 잘 몰라.

나: 응. 그건 나도 그래.

저안: 하지만 말이야, TV 속 요리의 냄새는 맡을 수 있어.

나: 어떻게?

나는 식당 벽에 걸린 TV를 한 번 본 후, 다시 그를 쳐다보았다.

그의 말을 기다렸다. 그런데 그는 뜬금없는 이야기를 했다.

저안: 너는 사랑이 아름답다고 생각하니?
나: 사랑?

나는 이게 처음 만난 자리에서 그것도 남자끼리 할 말인가, 라는 생각이 들었지만 그는 나의 대답을 들으려 하지 않고 바로 말을 이어갔다.

저안: 그건 착각이야. 사랑은 그저 단어일 뿐이지.

그리곤 나무젓가락으로 탁자의 모서리를 긁었다. 저안이와의 첫 만남은 그랬다. 찐득하고 퀴퀴한 냄새가 폴폴 나는 학교 앞 작은 식당에서 넓고 기다란 국수를 먹었다. 첫 만남치고는 이상한 대화를 나눈, 아니 그의 일방적인 이야기에 나는 그의 인상이 별로였다. 첫 만남은 그랬다.

. . .

그날은 햇살이 학교 나무와 잔디에 비스듬히 비치는 사유관(思惟館) 뒤뜰에서 저안이와 누워서 이야기를 하고 있었다. 나는 중국 문학을 전공했어. 나는 허공에 文學이라는 글자를 쓰며 말했다. 난, 哲學. 그는 낮잠을 자려는 듯 눈을 감으며 말했다. 우리는 오후 내

내 잔디에 누워서 문학과 철학, 술과 여자, 사슴과 타조, 몸과 영혼에 관한 사소한 이야기를 주절거렸고 그러다가 햇살이 너무 뜨거워 일어나서 수영장 쪽으로 걸어가 그늘진 구석을 찾아 앉아서 또 여자와 남자, 한국과 대만의 야구에 대한 이야기를 했다. 그때 수영장에는 학생들이 열심히 물장구를 치며 서로 밀고 물살을 가르고 있었는데 물속에는 힘겹게 걷는 할머니도 한 분 있었다. 생각하기에 그 할머니는 평생 수영을 올바로 배우지 못해서 걷기만 하는 것이 아닌가, 하는 생각이 들었는데 오히려 할머니는 고기처럼 수영장에서 왔다갔다하는 지느러미가 옆구리에 달린 것처럼 팔딱거리는 학생들을 보며 흡족해하는 표정이었다.

저안이는 어려서부터 파마 머리를 하고 있는 부처님이 너무 귀여워서 좋아한다고 했다. 엄마도 그렇지만 아버지도 신심이 두터운 불교신자라고 자랑스러워했다. 그는 보인(輔仁)대학 철학과에서 티베트불교수업을 듣고 그때 얼굴이 달아오를 정도로 알고 싶은 것이 생겨서 결국 여기까지 오게 된 것이라고 말했다. 태양이 그의 얼굴을 정면으로 쏴붙였지만 그는 개의치 않고 이야기를 계속했다.

몸이 드러나게 커지고 불어난 것은 중학교 때부터였고, 그때 까끌까끌한 턱수염과 성기 부분에 털이 같이 난 것 같다고 말했다. 나는 키가 작아 결혼을 못할 거 같다고 말했다. 저안이는 고등학교에 들어와서는 발목이 부풀더니 목 뒤로 어깨살이 붙고 두 손은 정말 남자처럼 커졌다고 했다. 그때 자신은 불어난 몸에 대해 당당함을 느끼고 있었는데 같은 반 친구가 자신을 보고 넌 뚱보가 돼가고 있어. 거즈로 둘둘 말아놓은 하마처럼, 알아? 하는 놀림과 조롱을 듣고 충격을 받아 그 후로 말수가 적어지고 책을 많이 보게 되었다고 했다.

나는 그 말을 듣고 일어서서 그의 등 뒤로 돌아가 그의 어깨와 등을 보며 말했다.

멋진걸!
이런 등은 처음이야!
여기서 스키를 타도 되겠어.
안전하고 편안하게 골반까지 내려올 것 같아!

난, 여기서 티베트불교를 배울 거야.(저안이가 말했다.)
무슨 이유가 있어?
그걸 배우면 착해질 수 있어.

말수가 적은 그였지만 그날 수영장과 수영장에서 느리게 걷고 있는 할머니를 바라보며 이야기를 나누었던 그의 얼굴은 분명한 표정이 엿보였다.

그날 밤, 나는 기숙사에서 보인대학을 검색했고 대만에서 그 대학 철학과가 가장 수준이 높은 대학이고 입학하기 어렵다는 수험생들의 후기를 확인했다. 그리고 그렇게까지 할 필요는 없었는데 기어코 철학과 홈페이지에 들어가 교수들의 약력과 학과의 커리큘럼 과정도 두루 살펴보았다. 처음 들어보는 밀교(密敎), 수행(修行), 전법(傳法) 등의 학과 과정들이 있었고 그건 해와 달의 크기를 측정하는 것보다 어렵다는 걸, 그리고 그걸 연구하는 교수들이 존재한다는 것에 놀랐는데 그 교수들로부터 그런 수업을 들었다는 저안이를 다시 생각하게 되었다. 그날 이후로 나는 저안이와 매일 만나기 시작했다.

．．．

　그날 저녁. 나는 기숙사 방안에서 이백(李白)의 장진주(將進酒)를 낭송하며 고량주를 마시려고 부대찌개를 끓이고 있었는데 갑자기 방이 흔들리기 시작했다. 브루스타 위에서 냄비가 살짝 기울어졌다. 그러더니 나의 몸이 좌우로 작게 흔들리기를 몇 번 했는데 잠시 후 벽 쪽에 세워둔 책장이 앞으로 고꾸라졌다. 책이 쏟아지고 그 옆에 세워둔 스탠드 등이 넘어지면서 찌개를 달구던 냄비를 덮치고 나서야 비로서 나는 뭔가 심상치 않음을 깨달았다.

　하지만 그때까지 나는 태어나서 지진이라는 땅의 뒤틀림을 한 번도 경험하지 못했기 때문에 어떻게 해야 할 바를 모르고 반쯤 쏟아진 냄비를 들고서 이건 뭐야? 고즈넉한 밤에 너무 예의가 없군. 시인 이백을 만나려던 참이었는데… 하며 지진이 스스로 그만두기를 바랐다. 하지만 지진은 나의 혼잣말이 거슬렸는지 더욱더 크게 하품을 하면서 기숙사 벽을 두 갈래로 가르기 시작했다. 나는 화들짝 놀라며 옷을 챙겨 입지도 못하고 냄비를 들고 밖으로 튀어 나갈 수밖에 없었는데 그때 나와 같은 층 그러니까 4층에 있던 대만 친구들이 뛰어. 빨리, 지진이야! 밖으로 나가야 해! 하는 소리를 듣고 아, 이게 정말 지진이구나 하며 그 친구들과 같이 계단을 뛰어 내려오기 시작했다. 그때 나는 달걀프라이처럼 노랗게 번진 흰 팬티만 입고 뛰어 내려가고 있었는데 그 순간에도 냄비를 놓지 못했다. 너무 급해 정신이 없었기도 했지만 내가 냄비를 여기서 내동댕이치면 나의 몸은 조금 더 빨리 움직일 수 있을 거 같았지만 그러면 냄비는 지진 속에서 무너진 담장 어딘가에서 찌그러진 얼굴로 나를 원망할 것만 같았기 때문이었다.

3층에서 2층을 뛰어 내려오는데 평소 같으면 한 발 한 발 계단을 차분히 밟았겠지만 지금은 그런 상황이 아니어서 나는 두 계단 혹은 점프를 하며 내려왔다. 거의 기숙사 입구에 다 왔을 무렵에는 그동안 나를 지켜주던 기숙사의 벽이 Z자로 갈라지는 것이 보였다. 나는 그게 너무도 신기해서 소리를 지르며 그 갈라진 벽 틈으로 손을 넣어보고 싶은 충동이 일었다. 나는 왼손으로 냄비를 부여잡고 오른손을 뻗어 갈라진 벽 틈으로 손을 디밀었다. 하지만 벽은 나에게 틈을 내주지 않았고 그대로 주저앉을 기세였다. 나는 좀 아쉽다는 생각을 했지만 다음에 또 지진이 오면 그때는 반드시 갈라진 벽 틈 사이로 손을 넣어야지, 하는 생각을 하며 기숙사 마당까지 뛰어 내려와서 친구들과 같이 기울어진 기숙사를 바라보았다. 비스듬히 주저앉은 기숙사는 TV 속에서 보았던 유럽의 어떤 유적지처럼 멋지고 우아하게 보이지 않았다. 팬티 바람에 냄비를 든 사람은 나 혼자였는데 이상하게도 다른 친구들은 지진이 왔는데도 불구하고 대부분 멀쩡한 셔츠에 반바지를 입고 있었다.

그때 저 앞에 저안이도 보였는데 그는 불경을 손에 쥐고 있었다. 나는 냄비를, 그는 불경을 가지고 나온 것이다. 나는 저안이에게 다가가 아는 체를 했다. 나를 보자 저안이는 매우 침착하게 대만의 재앙을 공부하는 연구생처럼 이야기해주었다.

> 저안: 대만은 재앙의 국가라고 할 수 있지.
> 나: 뭐 때문에?
> 저안: 지진, 태풍, 홍수, 그리고 또…
> 나: 그리고 뭐?
> 저안: 바퀴벌레.

· · ·

봄의 마지막 주말이라고 생각하던 그날, 저안이는 나를 자신의 집으로 초대했다. 그의 엄마 아빠가 사는 곳은 타이베이에서 기차로 30분 거리에 있는 잉거(鶯歌)라는 이름을 가진 작은 도자기 마을이었다. 기차역에서 내려 동네 입구로 들어가면서 나는 잠시 멈추었는데 그건 손으로 그린 거대한 관광안내판이 보였기 때문이었다.

> 저안: 도자기 마을이야. 원래는 차(茶)를 재배하는 곳이었는데 지금은 관광도시지 뭐.

저안이는 입구에 펼쳐져 있는 관광안내도를 손으로 집어가며 설명해주었다. 관광도시라고 했지만 사람이 많아 보이지는 않았다. 그런데 마을 안쪽으로 들어갈수록 차츰 이 마을이 거대한 도자기왕국, 그러니까 도자기를 생산하는 공장과 굴뚝, 가게들로 가득 차 있다는 것을 알게 되었다. 도로의 양옆으로는 수석. 자수정. 도자기. 항아리 가게들이 줄지어 있었다.

　나: 저건 뭐지? 신왕집자(新旺集瓷).
　저안: 도자기 체험하는 곳일걸. 도자기를 만들면 불에 구워서 보내주지. 이름하고 주소 적어놓으면 나중에 집으로 보내줘. 해볼래?
　나: 아니, 안 할래.

　귀여운 도자기 그릇을 기념으로 하나 만들고 싶었지만 주머니에 돈이 별로 없었다. 거리는 양 옆으로 높이 솟은 야자수 나무가 즐비했고 깨끗했다. 바닥에 누워 있는 오토바이들도 보였다. 그 옆으로 재잘거리며 지나가는 대만 소녀들은 학생 같아 보였다. 연인들이 하루 종일 걷기에 좋은 도시처럼 여겨졌다.

　나: 저, 기다랗게 하늘로 솟은 건 뭐야?
　저안: 저건, 굴뚝이야. 여기 도자기 마을의 발원지라고 할 수 있지.

　우리는 굴뚝을 쳐다보며 걸었다. 마을 안의 도로는 세련된 미술관보다 느낌이 더 좋았다. 오래된 건물이 보였고 나무와 식물이 그 건물들을 뒤덮고 있었다. 나의 안경 너머로 보이는 풍경은 양같이 순해 보였고 그 양들 사이를 휘젓는 사람들도 양의 주인처럼 순박

해 보였다.

> 나: 넌, 여기서 태어난 거야?
> 저안: 응. 여기서 자랐지.
> 나: 그런데 '잉거'가 무슨 뜻이야?
> 저안: 앵무새의 노래라지. 아마.

여기야. 그가 마치 다른 집이라도 되는 것처럼 예쁜 2층집 앞에서 섰다.

나는 눈을 크게 껌뻑이며 물었다. 이 큰 집이 너희 집이야?

응. 저안이가 빨간 벽돌로 담장을 두른 문 앞에서 볼록 튀어나온 벨을 누른다. 조금 뒤 벨소리 너머로 명랑한 소리가 들렸다.

> 저안이니?
> 응. 나야, 엄마
> 오, 나의 해바라기!

· · ·

저녁식사는 저안이의 아버지가 샤브샤브를 준비한다고 했다. 그 말로만 듣던 대만의 훠궈(火锅)다. 노을이 사라진 저녁이 되자 포동 포동한 아기를 안고 온 저안이의 형과 형수. 그들과 반갑게 인사했다. 앞치마를 두른 저안이의 아빠는 부엌에서 분주했고, 엄마는 소파에 앉아 뜨개질을 했으며, 형은 처음 보는 대만차를 내 앞에 내놓고 설명했으며, 그 옆자리의 형수는 아기를 안고 분유를 먹였으며, 저안이는 책을 들여다보고 있었다. 나는 딱히 뭘 해야 할지 몰라서 형의 대만차 이야기를 들으며 TV를 보며 과일을 집어 먹었다.

자, 모이세요. 저안이의 아버지가 손을 들어 부른다. 손바닥을 대고 힘을 주어 돌리면 원하는 방향으로 돌아가는 원형 식탁에 식구들은 둘러앉았다. 이게 그 유명한 대만의 샤브샤브인가. 세수 대야 같은 큰 그릇이 반으로 나뉘어 있는데 왼쪽은 붉은 국물, 오른쪽은 흰 우유 국물로 그 성향과 색을 달리하고 있다. 저안이의 형이 기다란 젓가락으로 접시에 담아온 재료들을 끓는 육수 안에 쓸어 넣는다. 청경채, 버섯, 튀김, 매화, 소고기, 콩나물, 완자. 오징어, 생선, 새우, 유부, 면. 왼쪽과 오른쪽으로 적절히 나누어 넣는다. 출판사에서 편집을 맡고 있다는 그의 형은 재료를 육수에 쏟아넣고는 널찍한 손으로 아이가 앉은 의자를 살핀다. 아이는 몸이 큰 편이어서 아기용 식탁의자가 지탱하기 힘겨워 보였다. 아기가 나를 빤히 보더니 울려는 표정을 짓는다.

접시에 나란히 누워 있는 새우 9마리. 기다란 수염이 힘을 잃고 접시 끝에 늘어져 있다. 반질반질한 허리는 딱딱한 껍질로 버티고 있다. 조금만 참아. 뜨거운 육수가 너를 씻겨줄 거야. 나는 완자를 입에 넣으며 새우에게 신호를 보냈다.

저 빨간 물은 뭐야? 나는 젓가락으로 물었다. 저건, 매워. 저안이
가 청경채를 집으며 말한다. 빨간 육수에 옥수수가 투하된다. 나는
가만히 옥수수의 최후를 지켜보았고 울던 아기는 엄마 손에 코를
푼다. 아이는 사과할 필요가 없다는 듯이 엄마에게 도리질을 한다.
모두가 웃는다.

굶주린 것처럼 먹지 말아야지. 하지만 나의 손동작과 어깨는 침
착함과 고상함과는 거리가 먼 단거리 육상선수와 같이 땀이 날 정
도로 바쁘게 움직였다.

쫀득한 완자. 입에서 녹는 소고기. 얼큰한 국물. 혀가 매워 얼얼
하다. 하지만 입은 저항하거나 거부하지 않는다. 가라앉은 옥수수
를 젓가락으로 찍어 올린다.

피쉬볼을 먹어봐. 저안이가 자신은 다 먹었다는 듯이 말한다. 피
쉬볼? 어디 있어? 나는 눈알을 굴렸다. 여기. 저안이가 집어준다.
어때요? 맛있어요? 형수가 초자연적인 어떤 광경을 본 것처럼 묻
는다. 네. 맛있어요. 엄청. 나는 분주하게 젓가락을 움직였고 저안이
는 담요를 들고 소파로 가 TV를 켰다. 형수가 쪼그라들고 있는 냄비
에 육수를 더 붓는다.

천천히, 많이 먹어요. 많아요. 저안이의 아버지가 파마 머리의 석
가처럼 미소를 지으며 말한다.

고맙습니다. 맛있어요. 그런데 뭔가 빠진 게 있다. 부풀어 오르
는 배를 만지며 나는 생각했다. 그래, 술. 고량주. 그게 없네. 이 국

물에 딱인데.

눈치를 챈 것일까. 형이 몸을 일으켜 부엌으로 간다. 그의 양
말 뒤꿈치에 작은 구멍이 보인다. 형의 블랙홀은 저곳일까. 그는
수납장을 열어 홀쭉한 병을 꺼낸다. 그래 저거다. 나는 젓가락을
빤다.

이거 마시면 좋아요.
나도 줘. 저안이 어머니가 숟가락을 든다.
입도 깔끔해지고,
나도. 형수가 손을 든다.
소화도 잘 되죠.
아이가 손뼉을 친다.
뭐지? 나는 고개를 뺀다.
형이 나에게 내민다.
술인가요? 나는 조급하게 물었다.
(유자)샤베트.
샤베트요? 나는 실망하며 되물었다.
엄마가 직접 만든 거예요. 발효가 잘 됐어요.
아쉬웠지만 나는 티를 내지 않았고 마치 그것을 오랫동안 기다
린 사람처럼 맛있게 먹었다.

저안이의 아버지는 채소와 고기가 떨어지면 그것이 마치 자기

의 임무인 양 바로 일어나 빠르게 준비해 식탁에 놓아주셨다. 나는 손가락으로 배꼽을 톡 건드리면 빨간 육수가 삐죽하고 나올 거 같은 기분이 들 정도로 오래도록 많이 먹었다. 마지막까지 먹은 나는 뒤뚱거리며 저안이 옆으로 가 앉았다. 앉자마자 어머니가 소화를 시켜야 한다면서 차와 땅콩을 또 가져온다. TV에서는 웃기는 예능을 하는 것 같았는데 저안이는 시큰둥했다. 형수와 어머니만 크게 웃었다. 계속 전화가 울렸고 저안이의 아버지는 전화기 속의 누군가와 번갈아가며 밝고 명랑하게 이야기를 나누었다.

밤이 되자, 저안이의 아버지는 달을 보고 소원을 빌자고 하셨다. 그날 저안이의 집 베란다에서 본 달은 두 손을 모아 빌고 무릎을 꿇어도 별 효과가 없을 것 같은 초라하게 생긴 반쪽짜리였지만 우리 모두는 달을 바라보고 두 손을 비비며 고개를 세 번 조아렸다. 나는 배가 불러 고개를 숙이기 힘들었다.

· · ·

소원을 빌고 다시 차와 땅콩을 먹고 우리는 2층 방으로 올라왔다. 저안이는 자신의 방에서 크게 한 바퀴 돌더니 침대에 벌렁 누웠다.

저안: 나는 매일 아침마다 기분이 별로야.

나: 별로라고?

저안: 응. 불안해. (그는 자신의 오른팔로 눈을 덮었다.)

나: 왜?

저안: 이유를 모르겠어. 그냥 불안하고 초조하고 왠지 만족할 만한 기분이 안 들어. (그는 허공에다 말했지만 나에게 고백하는 것 같았다.)

나: 이렇게 좋은 집에서 좋은 부모와 살고, 좋은 학교 다니고, 여자친구도 있는 놈이 뭐가 불안하고 초조해?

저안: 화가 나지 않니?

나: 무슨 일로?

저안: 모르겠어. 난 매일 힘든 기분이 들어. 사슴을 포획한 사자가 내 어깨를 한 발로 짓누르는 느낌이랄까.

나는 그의 옆에 누워 천장을 쳐다보았다. 천장에는 어떤 그림이 낙서처럼 그려져 있었는데, 동물인지, 꽃인지, 엄마인지, 아빠인지는 알 수 없었다. 저안이는 그새 엎어져 있었는데 잠이 들었는지 말이 끊어졌다. 나는 일어나 앉아 방을 둘러보았다.

· · ·

귀를 쫑긋하고 주위를 경계하는 토끼의 얼굴이 벽지와 천장을 차지하고 있다. 나는 토끼의 얼굴을 살핀다. 토끼의 커다란 귀에 나의 작은 귀를 대고 눈을 감는다. 그때 방이 잠깐 흔들렸다. 아주 미세하게 집이 기우뚱하는 것을 느꼈다. 나는 또 지진이 오면 어쩌지

냄새와 그 냄새에 관한 기묘한 이야기

하는 생각이 들면서 겁이 났는데 그러면서도 지진은 어쩌면 놀이동산에서 타는 바이킹과 다를 바 없잖아, 하며 진정을 유도했다. 더 이상 방은 흔들리지 않았다. 나는 베란다로 가 밖의 밤 풍경과 정원을 감상했다.

2층 베란다에는 녹색의 잔디가 깔린 정원으로 내려갈 수 있는 사다리가 걸려 있었다. 바람에 출렁이는 사다리를 본 순간 난 그걸 타고 1층으로 내려가고 싶었다. 스릴이 있을 거 같았다. 타잔처럼 훌륭하게 타고 내려가 정원을 한 바퀴 돈 후, 1층 문 입구로 들어가면 식구들이 놀라며 탄성을 지르겠지. 나는 다리를 허공에 조준하여 사다리에 몸을 실었다. 생각보다 사다리는 움직이지 않았다. 기분 좋은 바람이 불어와 나의 뒷목을 간지럽힌다. 완벽하게 사다리를 타고 정원에 내려왔지만 반겨주는 코끼리는 없었고 대문 모서리 쪽에 커다란 사람인형이 보였다. 허수아비인가? 그것은 밀짚모자를 쓰고 있었다. 나는 우선 벽 뒤로 숨어 잠시 훔쳐보았다. 그것은 아무런 움직임이 없었다. 나는 신발을 벗고 조심스럽게 그에게 다가갔다. 정원의 흙과 풀이 발바닥에 와 닿았다. 엄지발가락이 간지러워 내려다보니 개미 한 마리가 발등을 기어가고 있었다. 나는 다리를 털어 개미를 떨어뜨렸다.

허수아비처럼 생긴 그것은 내가 다가갈 때까지 아무런 동요가 없었는데 내가 정작 가까이 다가가자 스스로 모자를 위로 올리고 얼굴을 보여주었다. 그런데. 정말 믿어지지 않게도 거기에는 아버지가 서 있었다. 나는 너무 놀라 뒤로 물러서며 물었다.

아버지? 여긴 무슨 일이세요. 아버지는 오래전부터 기다렸다는 듯이 아무말도 하지 않고 주머니에서 무언가를 꺼냈다. 그건 분필이었다. 칠판에 쓰는 하얀 분필. 아버지는 그걸 꺼내들고 내 앞쪽을 지나 10보정도 앞으로 가더니 원을 그리기 시작했다. 원은 둥글지 않았지만 한 사람이 들어가기에는 충분했다.

뭐 하시는 거예요? 아버지는 역시 대답하지 않았고 방금 자신이 그은 원을 쳐다보더니 하늘을 올려다보았다. 그러더니 오른손을 귀밑에 대고, 얼굴을 어깨쪽으로 붙이더니 허리를 바닥 쪽으로 기울여, 고개를 외면하는 자세를 취했다.

아버지? 나는 도무지 이 알 수 없는 상황이 믿어지지 않아 다시 한 번 아버지, 하고 불렀지만 아버지는 대꾸하지 않았다. 나는 이게 꿈이란 걸 확인하기 위해서 아버지의 엉덩이를 걷어찼다. 이래야만 꿈에서 깨어날 것 같았기 때문이다. 내가 몇 차례 더 걷어차면서 이래도 안 깨어날 거야, 하며 고함을 질렀는데 상황은 변하지 않았고 나는 여전히 그 자리에 있었다. 혼란스러웠다. 아버지는 그런 나에게 화도 내지 않고 나를 슬그머니 밀더니 뒷마당 쪽으로 저벅 걸어갔다. 나는 꿈이 깨지지 않음을 알아차리고 이런 큰일이군, 대만까지 오신 아버지의 엉덩이를 걷어찬 아들이라니. 이 광경을 저안이의 식구들이 보면 어쩌나? 하는 생각이 들어 아버지의 뒤를 황급히 쫓아가며 이번에는 아빠! 하고 불렀다. 소용이 없었다. 아버지가 멈춘 곳 그곳에는 둥근 공이 보였는데 축구공은 아

냄새와 그 냄새에 관한 기묘한 이야기

니었다.

　거기 멍청하게 서 있지 말고 어서 이리 와서 도와주렴. 이게 생각
보다 무겁구나.

　아버지는 조금 전 나에게 당한 봉변을 벌써 잊어버린 듯 나에게
도움을 요청했다. 나는 그쪽으로 뛰어갔다. 공처럼 생긴 그것은 우
황청심환의 모양을 하고 있었는데 단단한 느낌을 주었다. 아버지
는 그것을 손으로 가리키며 방금 자신이 분필로 그은 원형 안으로
들고 가 놓으라고 했다. 이걸요? 내가 어이없어하는 표정을 지으며
물었지만 아버지는 대꾸하지 않았고 방금 전의 이상한 자세를 또
잡더니 이번에는 같은 자리에서 세 바퀴 정도 빙글 돌았다. 돌때마
다 몸은 가속도를 붙였고 마지막으로 돌 때에는 어떤 고함을 지르
며 오른쪽 귀밑에 붙여놓은 손을 하늘로 힘차게 뿌려대는 자세를
반복했다.

　뭐 하시는 거예요?
　묻지 말고 그 공을 어서 저 원 안으로 갖다놓으렴.

　나는 할 수 없이 허리를 숙여 공을 잡았다. 그런데 공처럼 생긴
그것은 매우 무거워 놀라울 지경이었다. 알고 보니, 가벼운 가죽이
나 헝겊이 아닌 돌로 만들어진 공이었다. 마치 대포가 나오기 전
고대 인류의 전쟁에서 전술적으로 사용하던 무기 같아 보였다. 허

리를 숙이고 두 손으로 받쳐 든, 그 돌을 옮기며 나는 아버지의 새로운 취미가 돌 던지기인가, 하는 생각이 들었다.

여기요? 아버지.
그래. 거기.

아버지는 건조하게 대답하더니 다시 한 번 그 자세, 한쪽 팔을 앞으로 뻗듯이 하는 자세를 연거푸 했다. 그러더니 다시 담장 쪽으로 걸어가 이번에는 옷을 갈아입었다. 빨간색 런닝과 사각 팬티 모양의 반바지였는데 마치 반드시 해내겠다는 결의를 스스로에게 다지는 상징처럼 옷은 붉게 타오르고 있었다. 아버지는 원 안으로 들어섰다. 등 뒤에는 어떤 글씨를 쓴 형겊이 붙어 있었는데 나는 그것이 자신의 순서를 알리는 어떤 번호인줄 알았다. 그런데 거기에는 '지진'이라고 씌어 있었다.

아버지, 그게 뭐예요?
이대로 죽을 순 없어.

아버지는 흙에 묻은 신발을 벗고 맨발로 서서 하늘을 쳐다보았다.

뻔뻔스럽군. 저 하늘은. 늙으면 왜 죽어야 하는 거지?
뭐하시는 거예요?
지진이 필요해.

왜요? 왜 지진이 필요하죠?

그래야 다 같이 죽지.

그러더니 아버지는 이제 시간을 지체할 수 없다는 듯이, 모든 준비가 끝났다는 듯이, 약간 비스듬히 서서 정말 하늘을 향해 자세를 잡고 바닥에 아무 말 없이 가만히 놓여 있는 그 돌을 가볍게 들어 하늘을 향해 조준했다.

잘 보렴. 아들아. 나는 지진이 발생하는 포환을 만들었단다.

포환요?

이걸 하늘을 향해 던지면 끝까지 올라가서 무언가를 건드릴 거야. 그러면 지진이 오지.

아버지는 화가 나거나 분노하거나 우울할 때 하는, 자신은 잘 모르는, 입을 앞으로 삐쭉 내밀어 실룩거리는 모양을 보여주며 말했다. 그리곤 기어코 그 돌을 들어 투척하는 자세를 취했는데 그러면서 또 중얼거렸다.

늙음은 너무 잔인해.

어디로 조준하시는 거예요? 나는 묻지 않을 수 없었다.

저, 달이다.

아버지는 아무 말 없는 달을 향해 섰고 한 팔은 앞으로 오른팔은 최대로 뒤로 빼어 정말 뭔가를 맞힐 것만 같은 진지한 표정으로 시선을 고정했다. 그런데 그 자세를 보면서 나는 나도 모르게 아버지 뒤에서 과녁을 잘 조준하고 있는지 봐주는 양궁 코치처럼 뒤에서 같은 방향을 보고 섰다. 아버지는 (돌)공을 들고 숨을 고르고 있었는데 벌써부터 이마에는 땀이 흘러내리고 있었다. 힘에 겨운 모습이었다. 나는 더 이상 지체되면 안 되겠다는 생각이 들어 팔짱을 끼며 말했다.

아버지, 준비 됐으면 던지세요. 아버지는 숨을 고르고 서 있었는데 얼굴이 술에 취한 사람처럼 벌겠다. 최대한 원심력을 이용해서 하늘 끝으로 던지세요. 몸을 회전할 때는 소리도 질러야 해요. 알죠? 나는 부드럽지만 단호하게 말했다.

아버지는 분필로 그려놓은 흰 원 안에서 빙글 돌기 시작했다. 돌면서 어지러웠는지 나를 한번 쳐다보았는데 나는 외면하고 하늘을 쳐다보았다. 아버지는 최선을 다한다는 듯이 고함을 지르며 원에서 빙글빙글 돌기 시작했다. 세 바퀴를 돌더니 커다란 고함을 지르고 아버지는 공을 하늘로 향해 힘껏 뿌렸다. 공은 곧고, 정직하게, 뾰족하고, 빠르게, 하늘로 치솟아 올랐고, 그것은 마치 달로 날아가는 로케트처럼 보였다. 나는 그것을 보면서 마치 양궁의 마지막 화살이 10점을 맞히며 금메달이 확정되는 올림픽 선수의 코치처럼 감격스러워 두 팔을 높이 들었다.

냄새와 그 냄새에 관한 기묘한 이야기

아버지, 최고예요.

순간 눈이 크게 떠졌다. 나는 저안이의 방, 바닥에 엎어져 있었고 진한 달빛이 벽지 속의 토끼눈을 비추고 있었다.

2부

처음 맡아보는
냄새

포탈라 궁 동쪽, 붉은 언덕 아래로 가면 어떤 표지판도 어떤 안내소도 없이 버스 한 대만이 그 시간에 있을 거라는 이야기를 들었다. 그곳에 가면 일주일에 한 번 초원으로 가는 작은 버스가 있다고 했다. 정류장을 물을 것도 없이 끝까지 타고 가면 초원이 나온다고 했다. 주황색 노을이 바다처럼 펼쳐지면 그게 마지막 정거장이라고 했다. 거기서 내리면 된다고 했다.

· · ·

라마승이 개를 물었대요. 운전사가 백미러로 나를 보며 말한다. 네에? 스님이 개를 물었다고요? 나는 고개를 앞으로 숙이며 되물었다. 개의 혀를 깨물었대요. 운전사는 이를 두 번 딱딱 부딪치며 말했다.

택시는 속도를 낸다. 자갈을 잔뜩 싣고 먼지를 휘날리며 앞서가는 트럭을 추월한다. 길옆 바위벽 곳곳에 붉은 페인트로 천천히(慢)라고 씌어 있지만 운전사는 속도를 줄이지 않는다.

· · ·

벌컥. 하며 차문이 열리더니 난데없이 코뿔소가 택시 안으로 들어와 아무런 설명도 없이 나를 납치하듯 등에 태우고 뛰어내렸다. 나는 순간 바닥에 고꾸라지지 않으려고 코뿔소의 코를 부여잡고 등에 납작하게 달라붙었다. 코뿔소의 등은 갑옷처럼 거칠었지만 매달려보고 싶을 정도로 매력적인 곡선을 가지고 있었다.

작은 나팔처럼 생긴 코뿔소의 귀에 대고 말했다.

나는 볼품없는 코를 가진 인간이고 너는 특별한 코를 가진 동물이야. 그렇다고 해서 네 발 가진 동물이 두 발로 직립하는 인간인 나를 양해도 없이 납치한다는 것은 좀 예의가 아닌 것 같아. 뭐 특별한 느낌이 들기는 하지만 말이야.

그러자 코뿔소는 자신의 뭉툭한 코를 허공으로 쳐들고 두어 번 흔들더니 맹렬하게 달리기 시작했다. 코에 난 뿔은 필요 이상으로 두 개씩이나 있었고 거친 허리는 짧았고 그 뭉툭한 허리와 짧은 다리 탓에 달리는 느낌은 말과 같이 앞을 향해 전진한다는 느낌은 들지 않았다.

나는 말했다.

지금 당장 나를 내려놓지 않으면 너를 작은 원통에 가두어둘 거야.
그곳에 들어가면 너는 답답하겠지.
코가 더 이상 자라지 못할 거야.
알아들어?

내가 위협적으로 말했지만 코뿔소는 전혀 신경이 쓰이지 않는 표정이었다. 계속 달렸다. 어느새 밤이 되었고 우리는 어떤 강 앞에 다다랐다. 코뿔소는 강을 한번 쳐다보더니 주저 없이 물속으로 들어갔다. 아빠가 아기를 어깨에 태우고 수영장에서 움직이는 것처럼 코뿔소는 나를 등에 태우고 유유히 앞으로 나아갔다. 나의 두 다리는 코뿔소의 허리에서 달랑거리다 강물에 살짝 들어갔다 나왔다. 물은 따뜻했다.

내 이마에 왜 뿔이 났는지 알아?

(나는 그 말을 듣고 이런 생각이 들었다.)

이마가 근질근질해서 솟은 것인가?

누굴 찌르겠다는 것인가?

풀을 뜯는데 써먹겠다는 것인가?

몸 가려운 곳을 긁으려고 하는 것인가?

녀석의 뿔은 번개를 맞고 치솟았나?

나는 코뿔소를 위로한답시고 이렇게 대답했다.

그건 아마, (짐승의 뿔은) 누군가를 공격하려고 있는 나온 것이 아니고 자신을 방어하려고 생긴 것이 아닐까. 너는 뿔은 있지만 다리가 짧아 뛰기에는 영 소질이 없거든. 엄청 빠른 표범이 너를 쫓는다고 생각해봐. 너는 처음에는 도망가겠지. 하지만 얼마 못 가서 따라잡힐 거야. 그러면 어쩌겠어. 힘없는 귀를 나풀거리다가 너는 어쩔 수 없이 뭉툭하지만 그래도 위협적이라고 생각할 만한 너의 뿔을 내밀 거야. 안 그래?

　나의 철학자 같은 말을 듣고 감격을 받았는지 코뿔소는 알 수 없는 소리를 내고 몸을 크게 흔들었다. 그때 앞서 물을 헤치고 가는 어떤 동물의 꼬리가 보였는데 눈을 움츠려 자세히 보니 하마의 꼴을 한 기린이었다. 그러니까 목이 긴 하마랄까. 뭐, 이딴 요상한 모습의 동물이 있지? 나는 코뿔소의 허리를 발로 가볍게 찼다. 그러자 코뿔소는 나의 마음을 알아챈 듯이 속도를 내어 그 기린의 옆에 이르렀다. 기린 같은 하마는 목을 내려 코뿔소에게 말했다.

　　친구. 오랜만이군. 거기로 가는 거야?
　　응. 거기로.

　나는 그들의 대화를 들으며 거기가 어디지? 하는 생각이 들었으나 묻지 않았다. 이런 요상한 동물들이 나오는 세상이라면 그게 어디든 재미있을 것 같았기 때문이었다. 우리를 쫓던 달은 어느새 검은 물에 내려와 앉았다. 마침내 땅이 보였다. 코뿔소는 다 왔다는 듯이 몸을 뒤틀더니 나를 바닥에 부드럽게 내려주었다. 바닥은 축축한 진흙이었다. 진흙 옆에는 삽이 놓여 있었다. 검붉은 진흙은 수심에 가득한 모양을 하고 있었는데 둘러보니 사람들이 곳곳에 진흙에 몸을 묻고 눈을 감고 있었다.

　내가 어리둥절하자 코뿔소는 자, 이제 당신이 흙 속으로 들어갈

차례야, 하고는 자신의 임무를 완수한 양 어둠 속으로 뛰어갔다. 그의 엉덩이를 보는 순간 저게 코뿔소의 뜀박질인가 할 정도로 날렵했고 마치 3단 멀리뛰기를 할 요량으로 속도를 내는 운동선수처럼 바닥을 쿵쿵거리며 사라졌다.

나는 검붉은 진흙을 손으로 만져보고는 삽보다는 손이 좋을 것 같아 두 손으로 정성스럽게 바닥을 팠다. 한밤중이었지만 땀이 날 정도로 파고 보니 기분은 좋아졌고 내가 들어가 누울 정도의 크기가 되었다. 들어가 누웠다. 하늘에는 별들이 포옹하거나 이별하고 있었고 작은 눈이 내리기 시작했다. 혀를 내밀어 눈을 받았다. 이건 이별하는 별들의 눈물인가? 나는 고요하게 생각에 잠기다가 두 손으로 진흙을 목까지 끌어모았다. 몸은 서서히 따뜻해졌다. 진흙 속으로 온몸이 빨려 들어가고 있음이 느껴졌다. 그때 나는 어떤 불길한 직감 때문에 고개를 들어 주위를 둘러보고는 소리를 질렀다.

이봐요. 당신들은 여기서 무엇을 기다리는 거죠?

· · ·

운전사: 내리세요. 여기죠?
나: 아, 잠깐 잠이 들었네요.
운전사: 꿈속에서 무얼 본 모양이죠. 계속 중얼거리더라고요.

차에서 내려 주위를 둘러보니 깨진 드럼통에 불을 피워 손을 녹이는 노동자들과 그 주위에 주저앉은 개들이 보인다. 노동자의 일상이란 어딜 가나 비슷하다. 저기, 저 버스인가? 나는 다가가 버스를 쳐다본다. 묵죽공카현(墨竹工作縣)이라고 차 옆구리에 파란색으로 씌어 있다.

6시 출발이라고 한 버스는 8시가 되도록 출발하지 않는다. 버스 운전사는 짐을 챙기고 담배를 피우고 모닥불에 손을 쬐고 아침을 먹고 할 건 다 한다.

언제 출발하우? 염소를 가슴에 안은 할머니가 운전사에게 물어본다.
좀만 기다리세요. 할머니의 염소를 받아 들며 운전사가 대답한다.
얼마나 더 기다려요? 할머니 뒤에서 내가 물었다.
동물이 다 타야 떠나요. 아직, 다 안 왔어요.
운전사는 차 지붕에 올라가 짐을 묶고 염소를 나무상자 안으로 밀어 넣는다.

모닥불을 쬐는 설인들이 녹고 있다.

•   •   •

내가 주먹을 단단히 쥐고 성난 사람처럼 누구라도 때릴 것처럼 굳어 있을 때, 그건 누가 봐도 알 수 있을 때, 버스는 출발했다. 사람들과 동물들을 버스의 통로와 지붕 위에 가득 태운 채로. 염소를 자신의 아기처럼 안고 있는 사람, 염주를 돌리는 할아버지, 젊은 운전사의 뒤통수를 빤히 쳐다보는 할머니, 창에 목을 기대고 무언가를 중얼거리는 또 다른 할머니. 그 중얼거리는 할머니는 내 옆자리에 있었는데 나보고 춤을 추라고? 나보고 노래를 부르라고?를 반복적으로 읊조렸다. 나는 제가 언제요? 하고 물어보려다 그만두었다. 아무래도 나에게 하는 소리는 아닌 것 같았기 때문이다.

버스 안은 시장처럼 왁자지껄하다. 누구는 노래를 부르고, 누구는 염소의 수염을 쓰다듬고, 누구는 중얼거리고, 또 누구는 발을 버스 바닥에 구르고 있다. 갑자기 보라색 진주목걸이를 한 여인이 자리에서 일어나더니 흔들리는 차 안에서 노래를 부르며 춤을 춘다. 그녀는 나를 보더니 같이 춤을 추자고 추파를 던진다. 오, 그러지 마세요. 안 돼요. 나는 고개를 돌리며 팔을 내저었지만 버스 안의 사람들은 나의 저항을 무시하고 계속 부추긴다. 박수를 치며 옴, 마니, 밧, 메홈, 한다. 나는 어쩔 수 없이 자리에서 일어나 처음 듣는 노래를 따라 부르며 몸을 흔들었다. 좀 부끄러웠지만 신났다.

내가 좋아하는 주황노을이 왔다고 생각했을 때, 버스의 마지막 정거장에 해당되는 곳에 도착했다. 내리고 보니 그곳은 정말 아무런 이정표도 신호등도 없는 넓은 초원이었다. 모두가 어디선가 다 내렸고 나 혼자만 이곳에 남았다. 처음 보는 초원만이 온순하게 나를 바라보고 있었다. 운전사는 담배를 한 대 피더니 다시 라싸로 돌아간다고 버스에 시동을 걸었다. 횡 하고 버스가 떠나자 나는 바다 같은 초원에 덩그러니 남겨졌다. 노을과 초원의 만남은 낭만적이었지만 나는 뭘 해야 할지 몰라 그냥 서 있었다.

우리 집에 갈래요? 고드름으로 뺨을 맞은 사람처럼 얼얼한 표정으로 내가 한참을 서 있자 같이 내렸던 여인이 가다가 다시 되돌아와 물었다. 양과 야크가 마주보는 모양의 그녀의 치마가 바람에 휘날렸다.

네, 고맙습니다. 나는 힘없이 대답했다. 이곳에 사는 유목민이라고 자신을 밝힌 여인은 아무런 방향이 보이지 않는 초원에서 마치 길이 보이는 것처럼 여유롭게 걸어갔다. 나는 그녀를 따라 초원이라는 거대한 땅으로 난생처음 들어갔다. 야윈 형체를 한 그림자 하나가 뒤에서 쫓아왔다.

· · ·

지칠 줄 모르는 초원의 바람이 얼굴을 휘감는다. 나는 손으로 바람을 막으며 앞쪽을 바라본다. 오늘 본 인간은 딱 두 명, 저 앞의 소녀와 그의 엄마뿐이다. 엄마는 내가 지금 초원에서 빌붙고 있는 겔의 주인이고 소녀는 그의 딸 체링이다. 체링이 다가와 내 옆에 앉으며 묻는다.

아저씨?

응?

아저씨는 이곳에 왜 왔어요?

벌레에 물렸는지 벌겋게 부어오른 목을 만지며 아이가 물끄러미 나를 쳐다본다.

사람 찾으러?

누구요?

친구.

아저씨 친구가 이곳에 있어요?

응.

체링이 엉덩이를 털며 일어난다.

아저씨, 우리 그림자놀이 할래요?

그림자놀이. 그게 뭔데?

서로의 그림자를 밟는 거예요.

왜, 밟아?

그건 나중에 말해줄게요.

두 개의 그림자가 움직인다.

삶이란 결국 움직임이다.

몸이 움직여야 그림자도 산다.

움직임에 시간이 있다.

내 그림자가 체링의 작은 발에 밟혔다.

아이가 좋아라 웃는다.

· · ·

하늘이 이처럼 드넓을 수도 있다는 것을 그래서 하늘 어딘가에
미지의 다른 세상이, 하늘은 하나가 아니라 9개의 층으로 존재한다
고 저안이가 했던 말이 생각난다. 하늘 아래에는 대등한 초원이 있
다. 권태로움을 고집하는 초원.

체링이 야크 똥을 주우러 다니는 것이 보인다. 주운 똥은 작은
피라미드 모양으로 쌓는다. 그러면 태양이 알아서 말려준다. 저 아
이의 오전은 늘 저 모습이다. 매일 같은 시간에 같은 행동을 한다
면 저것도 수양의 일종이 아닐까. 추운 밤을 데워주는 야크 똥은
여기서 석탄이나 나무의 역할을 한다. 체링이 나를 발견하고 손짓
한다.

같이 똥을 줍자는 것인가? 나는 마지못해 손을 들어 계속, 어서,
너나 열심히 주워. 나는 싫어. 귀여운 꼬마 아가씨야, 하는 모양으
로 흔들어주었다. 내가 이곳에 와서 한 일이라곤 초원을 걷거나 바

라보다 잠이 든 일밖에 없는 것 같다. 옆으로 누워 풀을 본다. 빳빳한 풀은 나의 눈동자를 찌를 듯 생기발랄하다. 쓰면서 시원한 녹색 냄새가 코 안으로 파고든다. 눈이 감긴다.

· · ·

'초원의 끝'이라는 여관이 보인다. 초원에 여관이라니, 이건 사막에 객잔이 있는 것과 같은 꼴이 아닌가. 잠을 온전히 잘 수 있는 온돌 방, 칫솔과 치약, 고량주, 향기로운 샴푸도 있으면 좋겠다. 따뜻한 물로 씻고 편안히 눕고 싶다.

좀 떨어져서 본 여관은 간판만큼이나 매력적이고 마음을 당기는 모습을 하고 있었다. 하지만 낡은 문을 본 순간 그냥 폐가가 아닐까 하는 생각이 들기도 했다. 사실 그 점이 나를 더욱 끌어들이기도 했다. 내가 좋아하는 집이 이런 모양 아니던가. 여관 문 입구에는 길쭉한 돌이 양쪽에서 솟아 있었다. 나는 그 돌을 만지다가 돌에 새겨진 작은 글씨를 발견했다. 옷을 벗지 마시오. 돌에 새겨진 내용은 더더욱 나를 끌어들였다. 그렇담 더욱 들어가 봐야지. 이상하게도 나는 이런 허름한 혹은 약간 장난스러운 글과 분위기에 어떤 공포나 두려움을 느끼기는커녕, 오히려 매력이 있다고 느꼈다. 손바닥을 세 번 비비고 다가섰다. 입구 오른쪽 처마 밑에는 어서 잡아당기라는 듯이 빨간색 실이 알맞게 내려와 있었다. 내가 본능적으로 그것을 잡아 아래로 살짝 당기니 우아한 종소리가 퍼졌다.

나는 까치발을 하고 그 종소리에 귀를 기울였다. 소리가 그치자 문이 열렸다. 아무런 주저함도 없이 안으로 들어갔다. 완전히 안쪽으로 들어서자 문은 스르르 닫히고 사위는 어두운 밤이 되었다. 분명 밖은 환한 대낮이었는데 말이다. 나는 더욱 반가운 마음이 들어 소리를 지르고 싶었지만 그렇게 하지는 않았다. 부실하게 보이는 마루 복도는 발을 옮길 적마다 이상한 소리가 들렸는데 마루 밑에서 혹시 굶주린 동물이 나를 노려보고 있지 않나? 하는 느낌이 들 정도였다.

누구 없어요? 나는 형식적으로 소리를 내었는데 역시 아무 대답도 들리지 않았다. 나는 이곳에 나 혼자 있다는 느낌이, 아무도 없다는 사실에 흥분되기 시작했다. 마루는 부실해서 내가 발에 힘을 주면 그대로 아래로 빠질 것 같았다. 나는 신중하게 앞으로 나아갔다.

'초원의 끝'이라는 간판을 '복도의 끝'으로 바꾸어 달아야 하지 않을까 하는 생각이 들 정도로 허름하고 부서질 것 같은 바닥은 한참이나 이어져 있었다. 만보는 걸었을까? 결국 나는 어떤 방 앞에 도달했다. 이 여관은 끝내 주인이 모습을 드러내지 않는군. 그렇다면 누구의 눈치도 보지 않고 그냥 잠이나 편히 자야겠어. 내가 혼잣말을 하며 문을 열려는 찰나 방문이 열리며 어떤 여인이 나타났다.

어서 오세요. 그녀는 마치 오랫동안 인간을 기다렸다는 듯이 청량한 목소리로 나를 놀라게 했다. 요괴영화에서처럼 내 앞에 나타난 여인은 충분히 매력적이었는데, 머리카락이 허리에 닿을 만큼 길었으며 맨발이었고 발목에는 앙증맞은 금색 끈이 둘러져 있었는데 발걸음을 옮길 적마다 발목에 걸려 있는 끈에서 작은 종소리가 은은하고 고요하게 새어나왔다. 그녀를 보자 나는 묘한 기분이 들었다.

여기서 잠을 좀 잘 수 있을까요? 며칠을 쉬지 않고 걸었더니 피곤하군요. 나는 손으로 얼굴을 쓸며 눈을 힘주어 감았다 떴다를 반복했다. 그러자 내 앞에 선 그 여인은 자리를 조심스레 비켜서며 나를 자신이 서 있는 방 안쪽으로 들어오라고 했다.

나는 성급히 발을 그쪽으로 들여놓으며 습관적으로 그 여인의 옷차림과 얼굴화장을 엿보았는데 좀 특별했다. 이곳은 분명 초원인데 그녀는 중국 한족의 치파오[旗袍] 복장을 하고 있었고 얼굴은 거의 경극(京劇)의 그것에 가까운 과한 화장을 하고 있어서 이 여인이 도대체 몇 살쯤 되었는지 가늠할 수가 없었다. 내가 안으로 들어서자 그녀는 여유롭게 손을 뻗어 방을 보여주었다. 휘이 하고 방을 둘러보니 노새나 당나귀가 좋아할 만한 방은 역시 나를 만족시켰다. 방은 지금 나의 몰골과 행색에 딱 들어맞는 분위기를 풍기며, 누우면 바로 잠들기 좋은 어떤 헐렁한 평화로움을 간직하고 있었다. 다소 아쉬운 것은 어깨와 등선에 줄무늬가 있는, 말보다 짧은 목을 하고 있으며, 궁둥이는 좁고 경사졌고, 사지는 건조해 보이는, 지구력이 강하고 참을성이 대단한, 언제나 불만스런 표정으로 대꾸를 하지 않은 것으로 유명한, 그 노새가 방에 없다는 것이었다. 노새가 즐겨먹은 건조한 풀이나 사마귀도 바닥에 깔려 있지 않았다. 그것들이 있었다면 이 방은 초원에서 최고의 여관으로 추천하기에 꺼릴 게 없었다. 내가 몇 번씩이나 둘러보았지만 실내는 정말 아무것도 없었으며 다만 낡은 담요 한 장만이 다소곳이 바닥에 놓여 있었다.

하루 밤에 얼마인가요? 방이 아주 마음에 들어요.

방세는 필요 없어요.

무료라고요?

여기는 다른 걸 받고 있어요.

그게 뭔가요?

사소한 것입니다.

방문이 닫히고, 이 허름한 공간에 그녀와 나, 우리 둘만이 존재한다는 느낌이 들자, 나는 무언가를 기대하는 기분을 느끼며 조급하게 그녀가 요구하는 그 사소한 것을 듣고 싶어졌다.

말씀해보세요. 그게 뭐죠?

별거 아닙니다.

그러니까 뭐예요?

당신이 입은 옷입니다.

옷이요?

네. 당신의 땀에 밴 그 옷이면 됩니다.

이건 왜요?

그건 말할 수 없어요.

그럼 땀이 밴 이 옷을 벗어주지 않으면 다시 나가야 한단 말입니까?

네. 그래요. 이 여관의 규칙이죠.

저 끝을 알 수 없는 복도를 다시 나가고 싶지 않아서 마치 할 수 없다는 듯이 나는 말했다.

알겠습니다. 언제 주면 되나요?

지금이요.

바로요?

네. 그걸 지금 벗어주셔야 여기서 묵을 수 있습니다.

나는 비틀어 짜면 금방이라도 썩은 물이 쏟아져 나올 것 같은 나의 윗옷을 벗어주었다. 얼굴이 벌게지는 느낌이 들었다.

옷을 넘겨받고 그녀는 만족한다는 듯 코에 대어 냄새를 맡으며 말했다.

속옷도 원해요.

그건…

네. 알아요.

그건 좀, 그렇습니다.

실례지만, 하시는 일이 뭔가요?

'걷는 사람'입니다.

스님인가요?

아닙니다.

(그녀는 고개를 갸웃하더니 다른 제안을 했다.)

속옷을 벗어주시면 제가 돈을 드리지요.

돈이요? 얼마나요?

원하시는 만큼입니다.

그녀는 새처럼 작은 입술을 만지며 말했다. 나는 생각해보겠다고 잠시 시간을 달라고 했다. 그녀는 알겠다고 하면서 따뜻한 차를 내올 테니, 그때까지는 꼭 속옷을 벗어달라고, 사례는 충분히 하겠다고 하며 나갔다. 그녀가 나가자 나는 두 팔을 벌려 방안을 몇 바퀴 돈 다음 혼자 중얼거렸다.

이 방은 너무 마음에 드는군. 더군다나 주인장의 태도는 무료한 초원에서 이런 여관을 운영하기에 충분히 열려 있는 심성을 가졌어.

바닥에 놓여 있는 담요를 펼치며 나는 만족스러운 듯 턱밑을 긁었다. 그녀는 아직 오지 않았다. 눈이 저절로 감기고 잠이 오는 것이 느껴졌다. 잠시 후 어떤 인기척에 나는 눈을 떴다. 문 쪽에 두 개의 그림자가 어른거렸다. 나는 문을 열려고 일어나려 했다. 그때 문

냄새와 그 냄새에 관한 기묘한 이야기

밖에서 나누는 이야기 소리가 들렸다.

스님이 아니라네.

정말? 꼭 스님같이 생겼는데.

그냥 걸어 다니는 사람이래.

사람? 그럼 되지 뭐.

뭐가 돼? 사람이면 다 되는 줄 알아? 경전을 읽고 고기를 먹지 않는 스님이어야 해. 그래야 맛있다고. 그냥 평범한 인간을 어떻게 먹어? 그 강도인지, 살인범인지, 도둑놈인지, 고약한 놈인지 어떻게 아느냐 말이야!

냄새를 맡아. 그럼 알 수 있잖아?

그래서 일단 그의 옷은 받아왔어.

맡아봤어?

이걸로는 부족해. 그의 속옷이 필요해. 땀과 지린내가 가득한… 그래야 알 수 있어. 선한지, 악한지.

•   •   •

손등이 간지러워 눈을 뜨니 허리가 잘록한 개미들이 내 손가락과 팔등 위로 군인들처럼 줄지어 가고 있다. 거인이 된듯, 나는 천천히 일어서며 개미들을 떨쳐냈다. 개미들은 필사적으로 달라붙어 있으려고 애를 썼지만 그럴수록 나는 손에 힘을 주어 크게 흔들었다.

초원의 낮잠은 평화롭지 않다. 피곤함을 느끼며 목을 쓸고 가슴을 펴고 일어나보니 관광객들로 보이는 사람들 틈에서 체링이 웃고 있는 모습이 보인다. 밝은 표정으로 관광객들과 사진을 찍고 있는 아이의 얼굴. 왠지 낯설어하는 모습이지만 그렇다고 싫어서 도망가지는 않겠다는 표정을 아이는 오늘도 잘도 하고 있다. 입술이 빨간 여자와 얼굴이 털로 뒤덮인 남자가 아이를 에워싸고 사진을 찍는다. 그들은 파리 떼처럼, 아이는 체리처럼 보인다.

· · ·

털이 온몸을 덮은 거대한 야크 떼가 길을 막으면 그제야 사람들은 버스에서 소시지같이 내린다.

와, 여기가 초원이래?
우, 대단한 걸.
오, 이곳에서 살고 싶어.

초원은 그런 반응을 충분히 받을 만한, 부러움을 받을 만한, 자랑스러운 장소임에 틀림없다. 그들은 이곳이 평화로운 장소라고 생각했을 것이다. 나도 처음 이곳에 와서 그런 생각을 했었다. 하지만 매일 이곳에 죽치고 앉아 변화가 거의 없는 풍경과 반복적인 일상을 윤회하고 있으면 인간은 한낮에도 지옥을 경험할 수 있다는 생각도 하게 된다. 권태로움. 매일 같은 장소에서, 비슷한 시간 속에서, 같은 사람과 같은 동물을 상대로 같은 짓을 하는 거다. 늘어진 팔과 다리, 의기소침한 마음, 멍청한 눈알로 하루 종일 앉아 있다가 야크의 똥을 줍고, 야크의 젖을 쥐어짜고, 대답 없는 양에게 말을 거는 것, 그건 한가로움이 아니라 권태로움이다.

오늘도 저 여인은 야크 젖을 받을 양동이를 달랑거리며 초원을 걷고 있다. 갈색 눈동자에 왼뺨 아래쪽에 작은 보조개가 있는 통통하고 땅딸막한 여인. 젊은 시절 수줍음을 꽤 많이 탔을 법한 미소를 가진 저 여인은 체링의 엄마다. 뜨거운 버터차를 나에게 건넬 때면 뺨이 발그레해지며 머뭇거리는 손. 내가 그녀 앞에 나타났다는 것은 어쩌면 그녀의 인생에서 제일 황당한 사건일지도 모른다. 하지만 그녀는 자신이 데리고 있는 양과 야크를 대하듯 나에게 친절하고 따스했으며, 내가 무슨 말을 하려고 엉거주춤할 적마다 고개를 앞으로 빼고 나의 말에 귀를 기울여주었다.

내가 기침을 하고 노란 가래를 초원에 퉤, 하고 뱉자 그녀는 다가와 손짓으로 그러지 말라고 했다. 그러면 풀이 싫어한다고.
밤이 되자 그녀는 어디서 구했는지 양파를 꺼냈다.

당신의 가래를 삭혀줄게요.

그녀는 양파를 고기 썰듯 신중히 잘랐다. 양파즙 냄새가 겔 안에 퍼진다. 눈이 매워 내가 밖으로 나가자 다리를 긁던 체링도 따라 나왔다. 우리는 나란히 누워 별을 보았다.

아저씨, 여기는 말이죠.

응.

정말 재미없고 따분해요.

(아이는 홀쭉한 다리를 달 쪽으로 들어 올리며 말했다.)

왜?

뻔하잖아요.

뭐가 뻔해?

아침, 점심, 저녁이요. 다 같아요.

체링은 아침이 오면 마음이 야크의 젖처럼 신선했지만 밤이 되면 밍밍하다고 했다. 그래서인지, 뿔 잘린 사슴처럼, 체링은 달이 올라오면 힘없이 초원에 누워 아무 말을 하지 않았다. 우리는 매일 같이 누워 밤하늘의 별과 달을 빨아먹었다. 체링은 나에게 초원 밖의 이야기, 라싸의 이야기를 해달라고 했다. 나는 저 나이대가 그리워하는 이야기들, 가령 친구들끼리 몰려다니며 화장을 한다거나 거울을 사서 들여다보며 피부를 살펴보는 그리고 유행가 가사를 따라 부르는 상황들을 우스꽝스럽게 연기해주었다. 그러면 체링은 엄마처럼 보조개를 보이며 좋아했는데 그러면서 몸 여기저기를 긁었다.

피가 나는데? 그만 긁어.

이래야 좀 시원해요. 아저씨, 재미있는 이야기 또 해줘요.

그래. 오늘은 로브링카의 이야기를 해주마.

냄새와 그 냄새에 관한 기묘한 이야기

로브링카요?

응. 그곳은 달라이 라마의 여름 궁전이란다.

어서, 해줘요. 아저씨.

· · ·

냄새가 솟아나는 새벽이었어. 꽃들 사이로 한 마리 학이 사뿐히 걷고 있었지. 그 시간의 꽃 냄새는 학의 몸을 휘청이게 할 정도로 진했단다. 학은 가늘고 긴 다리로 노란 유채꽃 사이를 춤추듯 걸어갔지. 정수리에 빨간 점이 박힌 이 학은 이 시간만 되면 이곳에 나타났어.

왜요? 체링이 팔등을 달빛에 비추며 물었다.

그 시간, 그곳에서 학은 산책하기를 좋아하기 때문이지. 그때 맞은편에서 또 한 마리의 학이 나타났어. 이번에는 정수리에 까만색 점이 박혀 있는 학이야. 고개를 숙여 꽃 냄새를 먹고 있는 빨간 정수리 학에게 다가가 그 검은점 학이 젓가락 같은 부리를 벌려 이야기했단다.

뭐라고 했어요?

궁금하니?

그럼요.

둘은 서로 입을 벌려 닿을 듯 이야기했지만 소리가 작아 알아들을 수 없었어. 하지만 그들은 낮 동안의 기다림을 해소하듯이 한동안 그렇게 소곤거렸지. 둘은 날개를 비스듬히 펴고 머리를 숙이고 두 다리를 엇비슷하게 벌려 힘을 주었어. 은밀한 냄새가 꽃밭 사이에 퍼졌지. 꽃들은 잠을 자다가 눈을 뜨고 말았어.

왜요? 체링이도 눈을 동그랗게 뜨며 물었다.

호랑이가 나타났단다.

호랑이요?

응. 호랑이는 어슬렁거리기보다는 배가 아픈 듯 이마를 찡그리고 천천히 꽃 사이로 걸어들어왔지. 흰 수염은 양 옆으로 바늘처럼 뻗어 있었고 꼬리에 힘을 주던 호랑이는 저만치서 두 학의 다정스러움을 발견하고는 본능적으로 몸을 낮추었지. 그리곤 중얼거렸어.

아름다운 한 쌍이군.

호랑이는 바닥에 엎드려 가만히 두 학의 움직임을 감상했어. 유채꽃 냄새가 호랑이의 꼬리에 스며들었지. 하지만 곧 호랑이는 졸음이 오는 것을 느꼈어. 망치 같은 두 발을 앞으로 뻗어 엎드리고 머리를 두 발 사이에 놓고 이대로 저 학들의 사랑을 감상하며 자는 것도 나쁘지 않겠다고 생각했지. 그러면서 또다시 나오는 하품을 어쩌지 못하고 입을 벌렸는데 이번에는 그만 어흥 소리가 나는 바람에 학이 알아차려버렸지 뭐야.

아이구. 어쩌나. 체링은 두 손으로 입을 막으며 말했다.

누구지? 겁도 없이 이 찬란한 밤에?

검은 점 정수리의 학이 머리를 휙 돌리며 말했어. 학의 목소리는 자신만의 소중한 시간을 방해 받았다는 듯이 분노가 섞여 있었지. 호랑이는 고개를 양발 사이에 파묻고 아무 말도 하지 않았어. 저들의 은밀한 시간을 깬 것 같아 미안한 생각이 들었기 때문이지.

누구야? 학이 불렀지.
호랑이는 가만히 있었어.
학은 더 큰 소리로 불렀지.
누구냐니까?
호랑이는 어쩔 줄 몰라 두 발로 눈을 가렸어.
학은 참지 못하고 고함을 질렀어.
나오라니까. 거기, 너의 솜뭉치 같은 앞발이 다 보여.

호랑이는 안절부절못했어. 이번에는 타이르는 듯한 소리가 들렸지.

거기서 그만 나오지 그래? 뭉툭한 발이 보이잖아. 얼굴도 너무 커서 꽃으로도 가리기 버겁군. 어서, 나오지 못해!

학은 권유와 근엄한 목소리를 섞어냈지. 호랑이는 어쩔 수 없다는 듯이 얼굴을 들고 일어서야만 했어. 거대한 덩치가 꽃 사이에서 드러났지.

학은 생각보다 큰 호랑이의 덩치에 놀랐지만 짐짓 아무렇지도 않은 듯 물었어.

이 밤에 여긴 무슨 일이지?

학은 마치 금괴를 발견했다가 들켰다는 표정으로 말했어.

잠이 안 와서 말이야. 달밤에 산책을 하면 좀 괜찮을까 하고 걷던 중이었지.

그게 다야? 우리를 몰래 훔쳐보고 있지 않았나? 거기서 말이야.

아니야. 정말 그러지 않았어. 산책 중이었어.

호랑이는 허공에 앞발을 들며 말했다.

밀림의 왕인 내가 수치스럽게 남의 사랑을 훔쳐보겠어?

그럼 여긴 왜? 이곳은 아무나 들어올 수 없는 곳인데.

이번에는 여태까지 수줍은 듯 가만히 있던 빨간점 정수리의 학이 거들었어.

알아. 이곳은 성하(달라이 라마)의 여름 별장인 것을.

호랑이는 꼬리를 굽실거리며 말했어.

맞아. 여긴 로브링카야. 달라이 라마만이 들어올 수 있는 곳이지.

기다란 주둥이를 호랑이를 향해 뻗은 까만 학이 확인시켜주듯이 말했지.

저기 말이야. 이왕 이렇게 된 거, 내가 한 가지 비밀을 알려줄까.

호랑이는 면죄를 받으려는 듯 말했어.

뭐지? 검은 정수리의 학이 붉은 정수리 학을 날개 안쪽으로 끌어들이며 물었어.

사실은 말이야. 이곳이 성하의 여름별장이라고 하지만…

하지만 뭐?

이곳에는 온천이 있다네. 밤에만 물이 나오는.

온천? 땅에서 나오는 따뜻한 물 말이야?

그래, 성하는 밤마다 그 온천에 몸을 담그지.

어떻게 알아?

내가 봤어.

감히 어디서 그런 불경스러운 말을… 호랑이면 다 되는 줄 알아?

아니, 나도 우연히 봤어. 못 믿겠으면 내가 데리고 가서 보여줄게.

언제?

내일 이 시간 다시 여기로 와.

학과 호랑이는 내일 여기서 같은 시각에 보자며 헤어졌어. 안개가 짙게 몰려왔고 꽃들은 다시 잠을 청했지.

· · ·

다음날 검은 밤은 또 왔지. 검은 정수리의 학은 유채꽃의 정원으로 날아들었어. 혹시 몰라서 날개 밑에 은빛 칼을 숨기고 말이야. 호랑이는 아직 보이지 않았어.

요놈 봐라, 나에게 거짓말을 했네. 동물의 왕이라더니 겁쟁이로

군. 감히 성하를 들먹이며 나를 잘도 속였군. 학은 기다란 주둥이를 들어 허공을 가로저으며 말했다.

그때 호랑이가 나타났어.

어이, 오래 기다렸나?

말하는 호랑이의 입술은 방금 토끼의 간을 먹은 것처럼 붉었어.

시간 약속을 지키지 않는군.

학은 긴 다리를 들어 공중에서 몇 바퀴 쉬쉬 돌리면서 말했지.

가세. 그리로.

호랑이가 방향을 잡았어.

어디인가?

서쪽일세. 그쪽에 금색링카라는 궁이 있는데 거기서 온천물이 나오지.

어떻게 그리 잘 알지?

나도 해보았거든.

감히 성하의 온천에서 너의 털을 씻었단 말이야?

어쩔 수 없었어. 그날 몸이 피곤했거든.

학과 호랑이는 서서히 정원의 서쪽 끝으로 걸어갔다.

· · ·

저기야. 앞에 저기.

어디? 학은 작은 눈알을 최대로 크게 뜨고 바라보았지.

포탈라 궁이 겨울에 지내기 좋다면 이곳은 여름에 좋지. 시원한 온천물이 나오거든. 호랑이는 우쭐하며 말했지.

그게 왜 좋지? 학이 물었어.

온천물은 피부에 좋지. 성하는 피부병이 심하거든. 여름이 되면 엉덩이와 허벅지가 곪을 정도로 피부가 안 좋아. 앉아 있지 못할 정도로 말이야.

호랑이는 마치 자신이 달라이 라마의 주치의라도 되는 양 말했어.

체링은 가만히 들었다.

저기야. 호랑이가 앞발을 들어 가리켰어.

지금일 거야. 이 시각에 물이 제일 좋거든. 매번 이 시간에 성하가 나타나시지. 호랑이는 목소리를 낮추어 말했어. 학은 작은 눈을 더욱 작게 뜨고 특유의 걸음걸이로 걸어 들어갔어.

•　•　•

나는 여기서 기다리는 게 좋겠어. 내 발이 커서 소리가 나거든. 호랑이는 겁을 먹은 표정으로 문 입구에서 서서 말했어. 학은 위축된 호랑이의 눈동자를 보고 혼자 들어갈 수밖에 없었지. 학은 두세 걸음 걸으며 주위를 돌아보았어. 아무도 없었어. 막상 방문 앞에 서니 학은 심장이 쿵쾅거렸지.

나도 떨려요. 아저씨. 체링은 작은 손으로 자신의 가슴을 덮으며 말했다.

문은 열지 말고 문틈으로 봐야 해! 호랑이가 일러준 대로 학은 날카로운 부리로 문을 몇 번 찍어 작은 구멍을 만들었어. 가느다란 눈을 조준했지. 하지만 김이 모락모락 올라오는 방 안은 분간이 어려울 정도로 희붐했어. 시간이 좀 지나자 윤곽이 드러나기 시작했어. 커다란 등이 나타났지. 인간의 등.

성하, 달라이 라마!

학은 후들거리는 다리에 힘을 주고 계속 보았어. 등은 넓고 매끈해 보였어. 눈알을 돌려 방 안 여기저기를 살펴보았지. 바닥에는 붉은 옷과 염주가 있었어. 그때 성하가 물속에서 어떤 소리를 냈지. 물속에서 무언가를 읽는 것 같았어. 몸을 담근 물이 출렁이기 시작했지. 그의 입에서 나는 소리에 맞추어 물이 움직이는 것 같았어. 물은 일정한 방향으로 출렁거렸지. 성하의 소리에 맞추어 물이 춤추는 듯했어. 학은 놀랐지만 눈을 뗄 수 없었지.
물이 춤을 춰요? 체링은 신기한듯 물었다.

어이, 이제 그만하지. 성하의 보좌관이 올 시간이야. 호랑이는 초조한 목소리로 말했어. 하지만 학은 계속 보고 싶어 움직이지 않았지. 그때, 성하의 몸이 담긴 물에서 어떤 냄새가 흘러나왔는데. 그건 처음 맡아보는 냄새였어.

어떤 냄새요? 아저씨.

체링은 일어나 앉으며 물었다.

별과 달을 섞어놓은 냄새,

흙과 지렁이가 포옹하는 냄새,

햇볕이 꽃을 만지는 냄새,

노을이 세상을 덮는 냄새,

묶은 경전의 냄새,

비 맞은 흙의 냄새

기어가는 순례자의 발 냄새,

살갗이 벗겨진 개의 등 냄새,

어린 병사의 냄새

설산이 녹는 냄새

청보리 농사 짓는 사람들의 땀 냄새,

세차게 우는 문성공주의 머리카락 냄새

눈알을 집어든 독수리 주둥이의 냄새

소금호수의 냄새

배가 고픈 독수리의 날개 냄새

아이를 찾아 헤매는 엄마의 겨드랑이 냄새

아들의 혀를 찾는 아비의 침 냄새

이 모든 냄새가 성하의 몸이 담긴 물에서 흘러나왔어. 학은 움직일 수가 없었고, 호랑이의 초조한 마음은 벽난로처럼 타올랐지.

우
리
들
의

시
간

한 잔 할까? 티베트어 수업이 끝난 후, 난 목이 마르고 가슴이 갑갑해서 생과일주스가 먹고 싶어졌다. 저안이와 나는 학교 후문 이발소와 서점 사이에 끼여 있는 과일주스 가게로 갔다.

난, 쩐주나이차(珍珠奶茶), 넌?
망고주스.

저안이는 주저없이 망고주스를 골랐다. 빨대를 꽂아 바닥에 깔린 작은 알갱이들을 끌어올린 나는 오물오물. 젤리 같은 진주알갱이를 이빨로 깨물며, 왜 그랬는지 모르겠지만 갑자기 엄마의 젖꼭지가 생각났다.

저안아, 넌, 엄마의 어디가 제일 좋아?
그야 겨드랑이지.
겨드랑이?
응. 거기서는 어떤 편안함을 주는 고유의 냄새가 나거든. 그곳에 코를 파묻고 눈을 감으면 금방 잠이 들어.

저안이는 열두 살까지 엄마 옆에서 잠을 잤다고 했다. 엄마가 책을 읽어주고 불을 끄면 자신은 엄마의 겨드랑이로 파고들었다고 했다. 그곳에서는 솜이 보풀거리는 냄새가 났는데 포근하고 부드러웠다고 했다.

동굴 같기도 하고

땅속 같기도 하고

물속 같기도 했어.

엄마의 그곳은.

그의 이야기를 들으며 나는 빨대로 진주알갱이를 불어 회오리
치게 했다.

     •   ·   •

'티베트어 수업'이 종강을 한 주 앞두고 있을 무렵, 저안이와 나는 학교 안에 새로 생긴 빵집을 갔다. 나는 야채 고로케를 집었다가 도로 접시에 내려놓았다. 옆에 있는 핫도그가 더 맛있어 보였기 때문이었다. 나는 핫도그 위로 뿌려진 새빨간 케첩을 혀로 핥으며 물었다.

> 나: 이 수업 너무 재미없어. 그치?
> 저안: 아니. 난 재미있어.
> 나: 재미있어?
> 나: 몇 달 동안 우리는 소리만 내고 있잖아. 읽기만 하잖아.
> 저안: 그것만큼 좋은 수업도 없지.

저안이는 팥빵을 한 입 베어 먹으며 소곤거리듯 말했다.

> 나: 넌 그 교수님 어떻게 생각해?
> 저안: 몸속에 붉은 피가 흐른다고 생각해.
> 나: 난 그 교수님 혈관에는 맹물만 흐르는 것 같아. 도무지 모든 것이 밍밍해.
> 저안: 난 그래서 그 교수님이 좋아. 재미가 없어서. 정직하잖아.
> 나: 재미가 없어서 좋다고?
> 저안: 시아오진송. 그 교수님은… 썩지 않는 사과 같아.

나: 어디가 그렇게 좋아? 그 교수님이.

나는 핫도그를 다 먹고 막대기를 빨며 물었다.

저안: 그 선생님은 말이야,
나: 그래. 말해봐.
저안: 달관하지 않는 얼굴을 가지고 있어. 도통하지 않는 언행을 하지. 눈빛은 그윽하면서 고독해 보이고, 하지만 이마와 턱은 해맑은 아이 같아. 난 그런 얼굴이 좋아. 그건 오랜 시간 공들여 수행한 얼굴이거든.

그날 우리는 학교 안을 걸으며 티베트어와 시아오진송 교수에 대해 오래 이야기했다.

· · ·

흐릿한 날씨가 계속 되는 어느 날, 우리는 학교 앞 '백년의 전통'
이라고 씌어 있는 찻집으로 가 우롱차를 시켰다.

　　저안: 그곳에 가면 또 다른 나를 찾을 수 있을 것 같아. 그런 느낌
이 들어.
　　나: 어디? 티베트?
　　저안: 응, 그곳에 가면 또 다른 내가 살고 있을 것 같아. 나보다 착
한 또 다른 내가 있을 거 같아.
　　나: 지금 환생을 말하는 거니?
　　저안: 다시 태어난다면 난 과일로 태어나고 싶어.

찻집 주인장이 고양이를 가슴에 안고 가게를 어슬렁거린다.

　　나: 과일? 어떤?
　　저안: 사과.
　　나: 왜?
　　저안: 그냥, 난 사과가 좋아. 태초의 과일 같잖아.

우롱차는 향이 좋다. 퍼진 잎에서 나오는 냄새는 과일의 태초가
이러지 않을까 생각하게 한다.

저안: 나는 생각해. 아침에 눈을 뜰 때마다 왜 기분이 안 좋은지를 말이야.

나: 수면부족 아닐까?

저안: 아닐 거야. 암튼 나는 그곳에서 또 다른 나를 만나면 물어보고 싶어.

나: 만약 또 다른 너를 만난다면 그건 지금의 너와 같지 않을까? 같은 얼굴에 같은 생각, 같은 말을 하지 않을까?

저안: 아니. 다를 거야. 그곳의 나는 수행을 하고 있는 나니까. 공간과 시간이 다른 곳에서 살고 있잖아.

나: 혹시 너의 바람대로 그곳에서 너를 만나면 이마를 한 대 갈겨 봐. 그는 어떻게 할까?

나는 이미 우려진 차에 뜨거운 물을 또 부었다.
저안이가 창밖을 바라보며 독백하듯 말한다.

우리는 크고 위대한 것

돈이 되는 것

나에게 유리한 것

명성에 도움이 되는 것

업적과 결과물이 쌓이는 것

지구보다는 우주

인간보다는 기계

문화보다는 문명

냄새와 그 냄새에 관한 기묘한 이야기

정신보다는 물질

배품보다는 소유

공유보다는 정복

이 모든 것들에는 힘과 시간을 쏟지만, 정작 자신은 어떤 사람인지 모르는 것 같아. 나는 그런 생각이 들어.

나는 달아오른 그의 뺨을 바라보았다. 저안이가 얼굴을 내 쪽으로 돌리더니 말을 이어간다.

우주선을 타고 지구 밖으로 나가 달을 관찰하고 새로운 행성을 먼저 발견하고 차지하는 것, 그리고 그곳에 또 다른 자신들만의 터전을 마련하고 자신들만 먼저 갈 수 있게 만드는 환경, 언제나 가진 사람들을 위해 미래를 준비하는 지금, 자신의 내면보다는 타인의 삶을 매일 들여다봐야만 잠을 잘 수 있는 이 기이한 관음증의 시대에서 우리는 무엇을 느낄 수 있을까?

·　·　·

　일요일 오후. 저안이와 나는 보기 드물게 고상한 여인이 고양이를 가슴에 품고 학교 캠퍼스에서 산책하는 걸 본 적이 있다. 그날은 아무런 이유도 목적도 없이 저안이와 나는 둘이서 축구를 하고 있었다. 저안이는 넓고 큰 골대를 지키는 수문장을 보겠다고 했고 나는 공을 차 넣는 것이 훨씬 자랑스러울 것 같아 골대로 부터 열여덟 걸음을 걸어 작은 원을 그리고 그 공을 놓고 찰 준비를 하고 있었다.

　그때 축구골대 바깥쪽으로 유유히 걸어가는 한 여인이 보였는데 꼬리가 하늘로 선 고양이를 안고 있었다. 멀리서 보기에는 우아하고 세련돼 보이는 체형과 옷을 입고 있었다. 나는 축구공에 발을 올려놓고 그 여인을 쳐다보았다. 눈은 조각상처럼 고운 뼈대 안에 쏙 들어가 있었고, 피부는 광대뼈 양쪽으로 팽팽했으며, 입술도 빨강보다는 분홍에 가까운 색을, 머리칼은 작은 분홍리본으로 옆으로 묶고 있었다. 그 리본을 펄럭이며 골대 뒤쪽으로 우리 사이에 놓인 공을 보며 그녀는 유유히 지나가고 있었다.

　공을 사이에 두고 우리는 잠시 침묵을 유지했다. 나는 둥그런 공 위에 한 발을 올리고 골대를 노려보았다. 왼쪽, 아니 오른쪽으로 찰까 생각하고 있는데 저안이가 갑자기 손을 들더니 공의 놓인 지점이 골대에서 너무 가깝다며 조금 더 뒤로 물러나줄 수 없냐고 했다. 나는 규정대로 해야지. 그건 안 된다며 못마땅한 얼굴로 흙을 슥슥 고르는 척했다. 하지만 저안이는 다시 한 번 자신은 지금 튼튼하고 폭신한 장갑도 끼지 않았는데 그 정도는 양보해주어야 하지 않겠냐고 어줍잖은 항의를 했다. 그의 처량한 제안을 듣고 나는 아량을 베푸는 듯 두 걸음을 뒤로 물러나 더해 도합 스무 발자국 거리에 공을 다시 놓았다.

저안이는 어디서 본 듯한 자세로 골대 중앙에 서 있었는데 저건 탁구 칠 때의 모습 아닌가 할 정도로 한 발을 뒤로 빼고 오른손을 심하게 들어올리고 있었다. 마치 내가 공을 차면 타이밍을 보아 기가 막히게 몸을 회전하며 내가 때린 공에 드라이브를 걸 자세였다. 풋, 웃음이 나왔지만 나는 진지한 자세를 유지했다.

　근데, 골 넣으면 너 나한테 뭐 줄 거야?
　줄게.
　뭐야 그게?
　(…)
　뭐라고? 안 들려.

저안이는 답을 하려 할 때는 확실하게 작게 말했는데 일부러 그러는 것 같았다. 나는 아이스크림을 기대했는데 그의 입모양으로 추측하면 알아듣지 못하는 세 단어였다. 나는 더 이상 따지지 않고 공에서 뒤로 몇 발자국 물러섰다. 어디로 찰까? 생각하다가 나는 드디어 결정한 듯 두 손을 탁탁 털었다. 그는 여전히 첫 서브를 기다리는 탁구선수처럼 약간 비스듬히 그러면서 좀 구부린 자세로 나를 기다리고 있었다.

간다. 잘 막아! 나는 두 팔을 휘저으며 공으로 뛰기 시작했다. 내가 좋아하는 소림축구의 주성치를 흉내내며 과한 동작을 연발하며 공 쪽으로 달려갔다. 그 순간 그는 자신의 고유한 탁구 자세를 풀고 골대를 그대로 둔 채 운동장의 끝으로 걸어갔다.

야. 뭐하는 거야? 안 막아? 그는 나를 왕창 실망시키려는 듯 듣는 둥 마는 둥 하며 운동장 끝자락에 있는 벤치로 가 앉았다. 나는 그래도 공을 찼다. 골인. 나는 소리를 지르며 두 손을 높이 들고 빙글빙글 돌며 기뻐했다. 저안이는 그런 나를 힘없이 쳐다보았다.

나: 뭐야, 왜 그래? (나는 벤치로 가 물었다. 그는 한참 만에 누르께한 안색을 펴고 입을 열었다.)
저안: 응. 그냥 그 순간에 도망치고 싶었어. 어떤 소설책의 제목처럼 결정적인 순간에 그곳을 뜨고 싶다는 생각이 들었어. 그러면 나는 어디로 갈까? 그곳을 뜨면 나는 어디로 향할까, 하는 생각이 올라왔어.
나: 너, 기숙사 방 안에만 처박혀 있는 게 괴롭지 않아?
저안: 어디든 괴롭지. 그렇다고 매일 이곳저곳을 방황하는 건…. 그건 너무 낭비고 의미 없는 짓 같아서 말이야.

나: 그래, 그건 맞아.

저안: 난 괜찮아. 네가 생각하는 것처럼 당나귀처럼 고지식한 건 아니야. 이런저런 타협도 잘 해. 나도 그런 것쯤은 할 줄 알아.

저안이는 자신의 별난 성격을 의식하는 듯 말했다. 고양이를 안은 그녀가 다시 나타났다. 이번에는 저만치 있기만 했다. 그녀는 어디서 꺾었는지 파란 데이지를 고양이의 귀에 꽂고 나타났다. 고양이는 기분이 좋아 보였다.

그날 밤, 나는 처음으로 저안이에 대해 곰곰이 생각해보았다. 그는 엉뚱하고 당나귀 같은 고집이 있고 몽유병 환자처럼 언행을 하지만 다른 한편으로는 인내할 줄 알고, 저력이 있고, 올바르지 못한 것을 무시할 만한 눈빛이 있고, 꽃과 식물을 바라보는 감수성이 있으며 산성비가 와도 우산을 남에게 내주고, 눈이 오면 혀를 내밀어 맛을 볼 줄 아는 그리고 그 무료한 티베트어 수업을 좋아하고 심심한 시아오진송 교수를 존경했다. 무엇보다 내가 잘하는 사소한 거짓말과 과시를 못하고, 뻐기지도 않았다. 저안이는 그랬다.

3부

신이 있는
그곳으로

자연의 순환은 수학이나 과학보다 더 정밀하고 구체적이다. 자연은 누구도 눈치채지 못하게 자연스럽게 탄생을 유도하고 성장을 촉진하고 접속을 인도하고 그리고 소멸을 명(命)한다. 스쳐 지나가는 사람들의 눈에는 그것이 으레 벌어지는 일이지만 사실 가만히 보고 있으면 자연은 공정하게 그것들을 조절한다.

뭐가 그리 바빠 하루 종일 얼굴을 볼 수 없는 거예요? 나는 그렇게 묻고 싶었지만 그녀의 얼굴에서 흘러나오는 어떤 참담한 분위기 때문에 물어볼 수 없었다. 마치 죽음의 딱지가 뺨에 착 달라붙은 표정이었다. 체링의 엄마는 며칠 동안 어디를 쏘다니다가 날개 꺾인 새처럼 돌아왔다. 새끼가 아프면 어미도 죽어간다.

　　엄마, 또 간지러워.
　　시원한 물을 마시렴. 착하지.

체링은 물을 마시면서도 목을 긁는다. 아이의 피부와 손톱의 경계가 모호하다. 피부병인지? 전염병인지? 알 수가 없다. 관절이 굳어지고 뼈가 부서지는 병에 걸린 것은 아닐까. 아이가 내려앉은 침대에 걸터앉아 다리를 꼰다. X로 꼰 다리를 앞뒤로 흔들거린다. 고개를 숙여 자신의 발을 내려다보고 있는 체링. 나는 말을 건넨다.

　　머리를 묶으면 더 예쁠 것 같아.
　　나, 말이야? 아저씨.

그럼 너지. 야크겠니?

우리 그림자 놀이 할까?

응. 좋아요.

아이는 반기는 목소리를 내며 또 물을 마신다. 아침부터 밤까지 물만 마신다. 나는 어떤 낙심에 빠져든다.

　　　　　• 　• 　•

　경계가 모호한 초원의 끝을 걸어갔다 아무 소득 없이 다시 돌아오는 나날이 이어지고 있다. 어떤 날은 알 수 없는 호수에 다다르기도 했고 어떤 날은 처음 본 마을에서 며칠을 헤매다가 간신히 돌아오기도 했다. 그날도 나는 애매한 초원의 경계를 넘어 어딘가로 걸어가다 쓰레기를 줍는 할아버지를 만났다. 할아버지는 처음 본 나에게 자신의 죽음이 머지않았다고 말하면서 매일 초원에 널려 있는 쓰레기를 줍는다고 했다.

　　관광객들이 버린 물건이야. 이거 봐.
　　쓰레기 아닌가요?
　　이거, 시계라는 거야.

　할아버지는 어제 주웠다며 손목에 찬 시계를 보여주었다. 숫자가 또렷했지만 바늘은 깨지고 멈추어져 있던 그 시계는 할아버지의 손목에서 헐렁거렸다.

　그날 밤, 나는 쓰레기 줍는 할아버지를 만났다고 체링에게 말했다. 시계 이야기를 듣던 아이는 자기도 할아버지와 같은 어떤 죽음을 생각한다고 했다. 어린애가 무슨 그런 말을 해. 나는 아이의 작은 머리를 쓰다듬어주며 그런 말은 하지 않는 게 좋겠다고 일러주었다. 고개를 끄덕이던 아이는 울먹이며 말했다.

아저씨?

응?

나는 사냥꾼을 피해 다니느라 지쳐버린 토끼 같아요.

그러더니, 아이는 겔 밖으로 뛰어 나갔다. 내가 따라 나가보니 아이는 허리를 숙이고 토하고 있었다. 노란 위액이 밤을 즐기고 있던 풀 위에 쏟아졌다. 아이는 부쩍 말라 보였다. 초원의 풀들은 아이의 노란 토사물을 맞으면서도 아무런 항의를 하지 않았다. 나는 가만히 다가가서 아이의 등에 손바닥을 대고 문질러주었다.

• • •

며칠 후, 우리는 누구의 허락도 받지 않고 하루종일 걷기로 했다. 둘이 시무룩하게 하루를 보내는 것보다 어디라도 걷는 게 나을 것 같았다. 걷던 중 우리는 말처럼 빠르게 뛰어가는 어떤 유목민 남자를 보았는데 그는 얼굴이 붉게 상기돼 있었고 분노에 차 있었다. 내 옆을 스치고 지나갈 때 나는 그를 향해 물었다.

무슨 일 있으신가요? 하지만 그는 나의 목소리를 들을 수 없을 만큼 빨리 뛰며, 입에서는 거친 소리를 반복하며 나를 지나쳐버렸다. 나는 그가 내는 혼잣말을 들었다.

어떻게,

아들이,

죽어.

혀가 뽑힌 채로.

숨겨.

오, 나의 아들.

'숨겨'와 '혀'라는 소리를 들은 것 같아 너도 들었니? 하는 표정으로 체링을 쳐다보았는데 그때 어떤 여인이 여보! 하며 그 남자를 황급히 따라가는 것이 보였다. 그녀 역시 최선을 다해 뛰어가고 있었는데 격분과 두려움의 얼굴을 하고 있었다.

그녀는 실성한 사람처럼 울면서 앞서간 남편을 쫓아갔다. 나와 체링은 뛰어가는 그와 그녀를 보며 아무 말도 하지 못했고 여전히 계속 아무런 일도 없다는 듯이 걸어서 협곡 아래 작은 호수에 도착했다. 평온한 호수를 보니 마음이 고요해졌다. 우리는 호수 주위를 돌고 두 손을 가슴에 대고 각자 소원을 빌기로 했다. 체링은 호수 주위의 큰 돌 옆에서 나는 아무데나 서서 눈을 감았다.

체링은 어떤 소원을 빌고 있을까. 그만 가렵게 해달라고, 이젠 긁는 것을 멈추게 해달라고 했을까. 나는 저안이를 빨리 볼 수 있게 해달라고 빌었다. 그러는 사이 물과 바위가 아닌 어떤 새로운 존재가 우리를 저만치서 쳐다보고 있음을 느꼈다. 나는 눈을 떴다. 체링은 여전히 눈을 감고 두 손을 모아 가슴에 대고 있었다. 내가 눈을 슬그머니 뜨자, 어떤 새가 다가오고 있는 것이 보였는데 뒤뚱거리는 몸에 달린 두 날개는 젖어 보였다. 새는 몹시 피곤한 표정을 하고 있었고 날개는 땅으로 처져 있었다. 아마도 이 호수에서 잠수를 즐긴 모양이었다. 나는 새를 향해 물었다.

혹시 말을 할 수 있나요?
그럼요.

새는 기다렸다는 듯이 입을 벌리고 혀를 내밀며 말했다. 새의 혀는 파란색이었다. 신비롭게 느껴지기보다는 물속에서 오랫동안 잠영을 해서 혀의 색이 변한 것이 아닐까 하는 생각이 들었다.

절벽 끝의 사원을 찾고 있어요.
그곳은 내가 살고 있는 곳이죠.

새는 날개를 퍼덕이더니 하늘로 날아올랐다. 호수 주위를 몇 바퀴 힘겹게 돌더니 동쪽의 작은 언덕 위로 날아갔다. 그건 마치 나에게 어떤 신호를 주는 것 같았다. 그쪽으로 가보라고, 그곳에 절벽이 있고, 그 절벽 정상에 찾고 있는 사원이 있을 거라고 알려주는 것 같았다.

그날 밤, 나는 체링이와 작별을 했다. 가야 할 곳을 찾았다고, 나중에 꼭 다시 오겠다고 했다. 아이는 이미 충분해 보이는 붉은 목을 긁으며 말했다.

냄새와 그 냄새에 관한 기묘한 이야기

아저씨!

응.

꼭 와야 해!

그럼. 오지.

약속해요.

초원의 바람은 그날따라 광폭하게 우리의 겔을 공격했는데 아무리 애를 써도 그 바람을 막을 만한 것은 없었다. 바람이 만든 거대한 소용돌이와 먼지는 나와 체링을 보호하고 있는 겔을 밤새 공격했다. 메마른 흙먼지와 힘을 잃은 풀들, 황량한 바람이 초원의 모든 것을 잡아먹을 듯이 겁나게 휘몰아쳤다. 새벽까지 나는 잠을 이룰 수 없었다. 아이는 나를 바라보며 잠들었다. 나는 부서진 낚시의자에 팔걸이를 하고 아침을 맞았다. 거센 바람소리와 아이의 힘겨운 숨소리를 들으며.

·   ·   ·

불면증에 시달리는 고양이가 긁은 것처럼 체링의 목은 붉은 줄무늬가 문양처럼 그려져 있다. 그 목에 자신의 부르튼 허연 입술을 대고 자고 있는 엄마. 사랑하는 관계는 저런 것일 게다. 아픈 곳, 상처 난 곳을 핥아주는 관계. 자신의 가장 부드러운 부분으로 가장 고통스런 부분을 감싸주는 사이. 체링이 잠이 들자 그녀는 일어나 겔 안에서 오체투지를 했다. 같은 자리에서 일어났다 엎드렸다 반복했다. 그녀가 묻는다.

몸의 중심이 어디일까요?
머리. 아닐까요?
아닙니다.
그럼, 여기인가요? (나는 배를 가리켰다.)
아니요. 거기도, 아닙니다.
그럼 어디인가요?

그녀는 한참을 가만 있더니 한숨을 토해내며 작게 말했다.

몸의 중심은, 배도 머리도 아니랍니다. 그곳은 아픈 곳입니다. 밥을 먹을 수도 잠을 잘 수도 없게 만드는 아픈 곳. 바로 그곳이 몸의 중심이죠.

나는 겔 밖으로 나갔다. 차고 시린 공기가 내 목에 쇠고랑을 채운다. 이 시각 초원의 냄새는 맡아보지 않은 사람은 모른다. 냄새는 맡아본 것만을 기억한다. 나는 야크들이 잠든 그곳으로 간다.

낮 동안 너무 걸었어. 오늘은 풀도 모자랐고 햇볕도 부족했어. 아쉬운 하루였다는 표정들을 하고 야크들은 서로 몸을 기댄 채 잠들어 있다. 그때 한 마리가 눈을 뜨더니 껌뻑이며 나를 쳐다본다. 나는 안으로 들어가 그놈의 머리털을 만지며 물었다.

넌 왜 안 자고 눈을 떠? 내가 떠나니까 아쉬워? 야크는 대답하지 않고 나에게 기댄다. 놈의 목에 걸려 있던 종소리가 작고 은은하게 퍼진다. 나와의 이별을 위해 눈을 뜬 것인가? 나는 놈의 목을 달래서 밖으로 끌고 나왔다. 놈은 커다란 눈알을 고정한 채 목을 움직인다. 목에서 흔들리던 종소리가 이쪽에서 저쪽으로 퍼진다. 설산으로부터 바람이 달을 타고 내려와 나의 머리칼을 허공으로 솟아오르게 한다.

나와 야크는 겔을 둘러싸고 있는 어떤 냄새를 맡으며 돌기 시작했다. 야크는 안개 때문에 보이지 않는 앞으로 무작정 전진하려 했지만 내가 뿔을 잡아 저지했다. 그리로 가면 돌아올 수 없을지도 몰라. 그냥 크게 원을 그리며 도는 게 나을 것 같아. 나는 야크에게 다정히 말했다. 아직 사라지지 않은 새벽달이 영양제를 맞은 것처럼 부풀어 올랐고 그것은 마치 야크의 똥처럼 보였는데 다시 보니 부드러운 빵처럼 보여서 나는 달을 보며 이빨을 부딪치며 씹는 시늉을 했다. 안개에 비까지 내리다니. 이 시간의 비는 보이지 않는 경계와 벽을 허물어버리기에 충분하다. 야크는 자신의 털이 젖기 시작하자 몸을 몇 번 털더니 친구들이 숙면을 취하고 있는 막사 쪽으로 가려는 듯 방향을 돌렸다. 나는 야크의 뒤를 따라가며 오늘 새벽은 정말 훌륭하군. 몸이 홀딱 젖어도 기분이 나쁘지 않겠어. 나는 기분이 시원해짐을 느끼며 앞서가는 야크의 꼬리를 장난스럽게 잡아당겼다. 그랬더니 야크는 잠시 멈추어 서더니 자세를 구부려 자신의 등을 내미는 것이 아닌가.

타라고? 나는 한 발을 땅에 짚고 다른 한발을 공중으로 높이 올려 야크의 등에 올라타려 했다. 하지만 곧 미끄러지며 바닥에 떨어졌다. 비에 젖은 풀들이 다치지 않게 받아주었다. 야크가 실망한 눈망울로 바닥에 누워 있는 나를 보며 말한다. 그런 식으로는 곤란해요. 한 발을 먼저 등에 올리고 내 귀를 잡고 올라타야지요. 이 시간에 어울리지 않는 야크의 허스키한 목소리를 들으며 나는 시키는 대로 했다. 등에 양발을 벌리고 올라탔다. 야크는 군대 조교처럼 흡족하다는 듯, 몸을 크게 털더니 방향을 잡았다. 좋아, 너를 믿고 갈게. 이 시간에 비를 맞으며 야크를 타고 어디론가 향하는 기분이란, 타조를 타고 호수를 건너는 기분만큼이나 흥분되었다.

야크가 갑자기 멈추어 섰다. 희미하지만 앞쪽에 누군가 서 있는 것이 보였다. 야크는 뭔가를 확인한 듯 앞으로 나아가기 시작했다. 순간 나는 야크의 목을 잡아 저지하려 했지만 야크는 저쪽에서 누군가가 오랫동안 나를 기다렸다는 듯이 안내했다. 다가가보니 어깨까지 늘어진 머리카락이 비에 흠뻑 젖어 무겁게 가라앉은 어떤 사내의 얼굴이 보였는데 한 손에는 신발을 쥐고 있었다.

누구신가요? 나는 야크의 등에서 물었다. 그가 대답 없이 나를 물끄러미 본다. 야크가 조금 앞으로 나아갔다. 그는 움직이지 않았고 신발에서 빗물이 떨어졌다.

길을 잃었어요.

이 시간에 어디로 가는 겁니까?

나는 야크에서 내리지 않았고 마치 이 공간과 이 초원의 비는 모두 내가 조종하고 있다는 듯이 말했다.

겔을 찾고 있어요. 이 근처인데. 오랫만이라 찾질 못하겠네요.
누구의 겔인가요?
'체링'이라고 턱 밑에 보조개가 있는 아이가 살고 있는 집입니다.

나는 그 남자를 수상히 쳐다보았다. 혹시 저놈은 저승의 사자가 아닐까. 왜 이 시간에 나타나 체링을 찾는 거지? 나는 노려보며 반말을 했다.

그 아이는 왜 찾는 거지? 곤히 자고 있는 이 시간에 말이야.
딸입니다. 내 딸이에요. 이걸 전해주러 왔어요.

그는 손에 쥔 신발을 들어 올렸다. 개구리가 한껏 입을 벌리고 있는 신발이었다. 나는 야크에서 내려 그에게 다가가 그가 허공으로 들어 올린 그것을 만져보았다.

장화… 인가요?
아이가 신고 싶다고 했어요.

그의 얼굴을 자세히 들여다보았다. 내 생각이지만 그는 체링이하고는 전혀 닮지 않은 얼굴이었다. 산속에서 표범이나 멧돼지를추적할 거 같은 투박한 얼굴이었다. 하지만 간절해 보이는 눈동자와 시간이 얼마 없어 보이는 표정을 하고 있었고 빗물인지 눈물인지를 흘리고 있었다.

저어기로, 가보세요.
초라한 겔이 있고 그 안에서 아이가 자고 있을 거예요.

나는 팔을 들어 체링이 자고 있는 겔 쪽을 가르쳐주었다. 그는비에 젖은 무거운 어깨와 침통한 얼굴을 하고서 내가 알려준 방향으로 처벅처벅 걸어갔다. 체링의 아빠로 보이는 그를 잠시 의심했지만 증거를 찾을 길이 없음을 알고 그의 얼굴에서 풍기는 어떤 냄새만을 믿은 채, 나는 아이가 곤히 잠든 겔을 알려주었다. 장화는이미 비에 충분히 젖어 보였는데, 그래서 장화에 그려진 개구리의눈알이 흐릿했는데, 그 남자는 그걸 소중히 껴안고 걸어갔다.

. . .

고개를 들어 올려다본다. 저기구나. 절벽 정상에 개미굴 같은 구멍들이 크고 작게 뚫려 있다. 평지의 삶을 포기하고 저 높은 곳까지 올라가 깨달음을 추구하는 사람들이 산다는 곳. 저 위의 집을사람들은 하늘사원이라 불렀다. 저 위에 사는 사람들은 어깨를 드

냄새와 그 냄새에 관한 기묘한 이야기

러낸 붉은 옷을 입고, 매일 불경을 낭송하고, 자신의 마음을 마주한 다고, 맨 얼굴로 태양을 받아들인다고, 빛과 불이 없는 곳을 좋아한 다고 했다. 받아놓은 빗물을 마시고, 하루종일 설산을 바라보고, 침묵을 유지하는 곳이라 했고, 동굴이나 돌 틈에서 사는 할아버지도 있다고 했다.

어스름이 진 후, 나는 나뭇가지와 돌을 주워 와 잠자리를 만들었다. 땅을 파고 모닥불을 피우고 체링이 엄마가 챙겨준 양털담요를 꺼낸다. 굳어진 털에서 양 냄새가 난다. 담요를 어깨에 두르고 서서 춤을 추거나 노래를 부르면 추위를 이겨낼 수 있다고 체링이 엄마는 알려주었다. 하지만 나는 그러고 싶지 않다. 몸을 따뜻하게 하는 방법, 그건 책에서 보았다.

책: 집중해. 눈을 감고 가만히 있으면 지금 너를 괴롭히는 시간과 공간으로부터 벗어날 수 있어. 자, 해봐. 잡념이 계속 떠오를 거야. 괜찮아. 눈 감으면 다 그런 거야. 그러다 잠들기도 하지.

나: 그게 될까? 잡념이 사라진다는 게 말이야.

책: 훈련하면 되지. 정신의 지배를 받느냐 지배하느냐, 둘 중 하나를 선택하는 거야. 우리는 대부분 정신의 지배를 받지. 두려움, 불안, 초조, 욕망에 이리저리 양처럼 끌려 다니잖아. 추위와 공포도 마찬가지야. 이 자세를 따라해봐.

나는 책이 알려준 대로 따라해본다.

책: 과거와 미래를 생각하지 마. 그건 도움이 안 돼. 과거를 생각하면 우울하고 미래를 생각하면 불안해져. 그 온전치 못한 생각은 한번 솟아나면 비슷한 친구를 계속 불러오지. 그게 잡념이고 망상이야. 지금만을 생각해.

나: 잘 안 돼.

책: 명상은 고도의 훈련이야. 의지력을 가지고 인내심 있게 밀어붙이는 거야.

나는 책의 설명처럼 해보았지만 추위는 물러가지 않았고 찬바람은 내 무릎에 들어와 나가지 않았다.

. . .

어떻게 오르지? 가파른 절벽 중간 중간에 비쩍 마른나무와 알 수 없는 잡초들이 삐죽 나와 있을 뿐, 구부러진 계단도 엉성한 동아줄도 보이지 않는다. 저 위의 사람들은 구름을 타고 다니나? 내가 혼잣말을 중얼거리는 사이 뜬금없이 눈이 내리기 시작했다. 태양은 아직 떠오르지 않는데 뻔뻔하게 내리는 눈은 뭐란 말인가. 이곳은 계절의 권위가 없는 곳이로군. 나는 입을 삐죽이며 무작정 오르기를 시도한다. 아침밥도 거르고 세밀한 계획도 없이. 그랬더니 당연한 듯 얼마 지나지 않아 두 발은 미끄러졌다. 손톱이 깨지고 손바닥이 찢어졌다. 허벅지에 힘을 너무 주어서 그런지 쥐도 났다. 처음의 그 자리로 다시 돌아왔다.

다시 모닥불을 피우고 양털담요를 두른다. 신발을 벗는다. 제 짝과 마주 보게끔 돌려놓는다. 한 쌍인 것처럼 눈에 보이도록. 금세라도 다시 신고 저 절벽을 올라갈 수 있게끔 보이도록 한다. 양말도 벗는다. 발톱이 그새 자랐다.

. . .

아침이 오자 나는 입을 최대한 벌리고 있는 호랑이 양말을 신는다. 런닝을 찢어서 손장갑을 만든다. 손톱은 이빨로 물어뜯어 최대한 짧게 만든다. 태양이 뜨기 전에 올라야 한다. 그놈이 떠오르면 몸은 달구어지고 늘어져 기어코 나를 바닥으로 패대기치기 때문이다.

오른다. 생각만큼 속도가 나지 않는다. 어느새 태양이 나를 조준했다. 목과 얼굴의 피부가 벗겨지는 느낌이다. 여지없이 또 미끄러진다. 작은 돌들이 나의 얼굴을 긁는다.

밤이 윤회한다. 어제의 그 자리. 땅을 정리하고 다시 불을 피운다. 나뭇가지의 매캐함을 맡으며 양털을 목에 두른다. 나는 검은 허공을 바라보며 생각한다. 그래, 그거야! 그때 오르는 거야. 달과 별의 응원을 받고 밤공기 냄새를 맡으며 오르는 거야. 새벽을 선택하자. 오르기는 낮보다 새벽이 나을 거야. 오만한 의욕과 생기가 혈관을 타고 돈다.

아무래도 저, 우라질 절벽을 오르는 데에는 훌륭한 전략이 필요할 듯하다. 나는 나뭇가지를 들어 땅바닥에 이렇게 정리했다.

처음부터 빠른 속도를 내면 안 된다.

옷으로 손장갑을 만들어야 한다.

양말을 벗어야 한다.

거미의 몸을 생각하며 올라가야 한다.

거미의 팔과 다리 머리모양을 연상하며 마치 내가 그것이 된 것인 양 움직여야 한다.

중간에 쉬면 안 된다. 잠시라도 쉬면 힘이 빠져 올라갈 수 없다.

· · ·

또다시 새벽. 두 팔을 허공에서 돌려본다. 발목과 손목을 가볍게 돌리고 고함도 질러본다. 링에 오르기 전 발의 스텝과 허리의 움직임을 체크하는 권투선수처럼 나는 거미의 움직임을 생각하며 자세를 잡고 두 팔을 허공에서 해보았다. 거미가 되는 거야! 그러면 올라갈 수 있어! 달이 내 정수리를 비추며 말한다. 나는 달을 올려다본다. 애원하는 눈빛을 보낸다.

오늘도 시도할 거야? 올라올 수 있을까? 하늘 아래 사원을 올라오는 게, 양의 얼굴을 보는 것처럼 그리 평화롭고 여유로운 줄 알아? 이 어리석은 꼬마야!

나는 꼬마, 라는 말이 거슬렸지만 달을 향해 욕을 하지 않았다. 오히려 두 손을 모아 부탁했다.

나: 나에게 힘을 주면 안 될까.

너의 은은하고 향기로운 선한 힘을 말이야.

오늘은 꼭 올라가고 싶어.

도와줘.

. . .

아직까지 작전대로 잘 오르고 있다. 손바닥은 견딜 만하고 얼굴은 시원하다. 보지는 못하지만 내가 올라가는 모양도 그런대로 거미와 비슷한 느낌이 들었다. 괜찮은걸. 이대로 그냥 거미가 되어도 하나도 서운하지 않겠어. 거미줄만 있다면 좀 쉬었다 가도 좋을 만큼 나는 정말 거대한 인간거미가 된 기분이 들었다. 거미 중에서도 호랑거미가 낫겠지. 물거미나 무당거미 유령거미보다는 그래도 호랑거미가 폼도 나고 위엄이 있잖아. 그런 생각을 하다 보니 나는 나의 몸이 머리와 가슴, 배의 두 부분으로 변하고 눈이 두 개에서 여덟 개로 바뀌고 턱은 위턱과 아래턱으로 갈라지고 다리는 네 쌍 여덟 개의 마디로 확장되는 느낌이 들었다. 이쯤에서 파리나 귀뚜라미가 나타나주면 안성맞춤인데. 그걸 먹으면서 올라간다면 충분히 아침이 오기 전까지 정상까지 올라갈 수 있을 텐데. 그런 생각이 들자 이쯤에서 거미줄을 치고 먹이를 기다리는 게 어떨까, 하는 생각이 들기도 했다. 기분은 한결 좋아지고 몸은 리듬을 타고 속도를 내는 것 같았다. 내가 한창 거미의 기분을 느끼며 정말 거미가 된 것처럼 먹잇감을 찾으려는 팔과 다리의 몸짓을 하며 휘파람을 불려는 순간 나는 다시 인간으로 돌아올 수밖에 없는 어떤 상황을 맞이해야 했다.

나는 절벽의 중간쯤에서 활기찬 진군을 멈추어야 했다. 배가 고프거나 목이 말라서 또는 오줌이나 똥이 마려워서 그런 것이 아니었다. 내가 절벽에 달라붙어 멈출 수밖에 없었던 이유는, 거미의 기분이 사라진 이유는, 내 위로 나와 같은 자세를 하고 위로 향해 올라가는 어떤 물체를 보았기 때문이다.

저건 정말 거미인가. 나는 흠칫 놀라면서도 내가 먹을 수 있는 먹이인지 구별하려고 가만히 쳐다보았다. 놀랍게도 그건 사람이었다. 나는 속도를 내어 그쪽으로 올라갔다. 빨리 올라가 그 형체를 확인하고 싶었다. 무엇보다 반가워서 인사를 하고 싶었다. 이 시간, 하늘 아래 절벽을 기어오르는 동료를 만나는 기쁨을 느껴보고 싶었다. 개구리나 두꺼비처럼 높이 점프하듯이 튀어 오르고 싶었지만 마음대로 되지 않음을 알고서 나는 여전히 거미의 자세로 속도를 냈다. 어느덧 나와 같은 자세로 절벽을 올라가는 그 형체의 바로 밑까지 따라붙었다. 빨간 실로 동여맨 긴 머리카락이 뒷목을 덮고 있다. 구슬형 목걸이와 노란 팔찌로 두른 검은 손, 붉은보라와 청보라 그리고 진녹색의 천을 꼬아 만든 허리띠 여인이다. 나는 숨을 끌어모아 불렀다.

저기, 저기요? 못 들었는지 여인은 대답도 없이 멈춤도 없이 계속 올라간다. 나는 벽 옆면으로 조금 움직여서 위로 빠르게 올라갔다. 순간 숨이 가쁘고 어지러웠다. 검은 얼굴을 한 여인의 표정이 눈에 들어왔다.

시간의 환생을 믿을 것 같은 얼굴, 얼어붙은 강에서 모닥불을 지피는 얼굴, 신에게 무언가 물을 것이 있다는 얼굴, 죽을 만큼 힘들어도 기어이 저 꼭대기에 올라가 무엇을 요청해야 한다는 얼굴, 그런 얼굴이었다.

나는 다시 예의를 갖추고 점잖게 물었다. 안녕하세요? 이런 데서 보니 감격스럽군요. 그녀는 여전히 대답이 없다. 나는 그녀와 속도를 맞추며 얼굴을 돌려 다시 물었다. 혹시 저기 위로 가는 건가요? 저도 그쪽 방면이거든요. 그녀는 침묵한다. 만일 방향이 같다면 서로 인사나 하고 가죠.

그러자 그녀는 귀찮다는 듯이 갑자기 속도를 내더니 빠른 걸음으로 올라가기 시작했다. 그 모습을 보고 나도 질 수 없다는 듯이, 그리고 좀 화가 나서 메뚜기의 자세를 잡았다. 한 번에 높이 뛰어올라 그리고 날개를 퍼덕거리며 그 여인을 앞지를 요량이었다. 하지만 이번에도 몸은 메뚜기처럼 되지 않았고 오히려 힘이 빠진 엉성한 거미의 자세가 되었다. 나는 다시 한 번 최선을 다해 그녀의 옆모습이 보일 때까지 올라가 숨을 고르며 말했다.

나도 볼일이 있답니다.
친구를 찾아가는 길이죠.

그때 그녀가 얼굴을 휙 돌려 나를 쳐다보았다. 그 순간 나는 손과 발을 놓아 절벽 아래로 떨어질 뻔했다. 그녀가 보인 얼굴 정면은 참으로 끔찍했기 때문이었다. 폭력을 당한 참혹한 어떤 동물의 얼굴을 하고 있었는데 피부는 검었고 붉은 눈알은 터져 나올 듯 불거져 있었다. 그녀는 울 것 같은 표정을 보였는데 입이 벌어져 있었고 살짝 어금니가 보였다. 이상한 건 그 상황에서 그녀의 입에서 체링이 엄마와 같은 냄새가 났다는 것이다.

냄새와 그 냄새에 관한 기묘한 이야기

우리들의 시간

저안이는 술을 한 잔도 마시지 못한다고 했다. 그는 동물 이빨이나 껍질로 만든 목걸이나 옷을 제일 혐오했고 노래와 춤도 별로 좋아하지 않는다고 했다. 시원하게 올라간 야자수를 좋아했지만 거기에서 나는 열매는 올라가 따는 게 아니라고 했다. 인간이 스스로에게 고통을 주기 위해 찾아낸 것 중의 하나가 '사랑'이라고 했고 그로 인해 마시는 '술'은 몸에 해롭다고 했다. 하지만 나는 대만식 샤브샤브에 고량주 냄새를 맡으며 홀짝이는 것을 좋아했는데 특히 비가 오거나 장마가 이어지는 흐릿한 날들이 오면 독주가 하루를 버티는 좋은 방법이라고 생각했다. 술을 마시면 시간은 잘 가고 기분도 좋아졌다. 저안이는 그런 날들을 버티는 태도와 방법이 나와는 달랐다. 그는 걸었고 경전을 읽었고 혼자 지냈다. 어떤 저속한 몸짓도, 욕도, 허세도, 성마른 고함도 없이 무료하게 침착함을 유지한 채 하루를 보냈다. 사람이 가장 냉철하고 현명해지는 시간대가 바로 혼자이거나 무작정 걸을 때라고 말하면서.

비가 기숙사 창문에 붙어 있는 도마뱀의 등을 간지럽히던 날, 나는 고량주를 저안이는 콜라를 앞에 놓고 샤브샤브를 먹은 적이 있다. 저안이는 이제 막 끓기 시작하는 물에 팽이버섯을 손으로 찢어 넣으며 말했다.

저안: 난 요새 잠을 잘 못 자겠어.
나: 잠을 못 자?
저안: 아무래도 머리가 이상해. 두통과 환청이 끊이질 않아.

냄새와 그 냄새에 관한 기묘한 이야기

나: 이거 너무 크지 않아. 가위로 잘라야 하지 않을까?

저안: 아니. 그건 통째로 데쳐 먹는 게 좋아.

그러더니 그는 냄비 안에서 몸을 숨기려 하는 그 녹색의 열매를 젓가락으로 찍어 회오리치듯 돌렸다.

저안: 야채부터 먹고. 옥수수도 삶아 먹자.

나: 고기는 언제 넣을까? 국물을 시원하게 맛내려면 먼저 넣어야 하지 않을까?

저안: 그건 맨 나중에.

나: 어째서?

저안: 그건 네가 먹을 거잖아. 처음부터 넣으면 난 못 먹어. 난 고기를 안 먹잖아.

나는 종이컵에 고량주를 따르고 한 모금 했다. 목이 쩌억, 하고 갈라지는 것 같아 크억 소리를 냈다.

저안: 나의 일상은 개사육장에 갇힌 타조 같아.

나: 타조?

저안: 타조는 초원이나 사막에 풀어주면 왠지 날 것 같지 않아?

나: 타조가? 에이 설마.

저안: 탁 트인 공간에 풀어주면 뛰다가 환호를 지르며 공중으로 날아갈 것 같아.

나: 너, 야채는 다 먹었니?

저안: 아니, 시금치도 데쳐 먹어야 해.

나는 고량주를 또 한 모금 마셨다.

저안: 그렇게 좋아? 그 술이.

나: 응. 한 모금만 해봐. 잠이 잘 올 거야.

저안: 머리가 아프지 않을까.

나: 마셔봐. 너는 너무 신중하고 생각이 많은 게 탈이야, 알아?

저안이는 내가 든 술병을 쳐다보더니 잔을 달라고 했다. 나는 기회가 왔다는 생각이 들어 말했다.

나: 이제 고기 좀 넣을까.

저안: 아니. 난 육식 안 해. 알잖아.

나: 고량주는 고기랑 먹어야 제 맛인데.

그을음이 가득한 브루스타 옆에서 열기 때문인지 비닐팩이 녹으며 그 안에 있던 고기는 애처로운 듯이 나를 바라보며 말했다. 나를 언제 먹어줄 거야.

저안: 술은 불과 같아. 뜨겁지. 몸에 상처를 줘.

나: 그럼, 마시지 마. 자식, 폼 더럽게 잡네.

냄새와 그 냄새에 관한 기묘한 이야기

저안: 난, 사람보다 신이 있는 그곳을 갈 거야.

나: 알아. 가. 가란 말이야. 그런데 지금은 고기. 이 고기는 언제 넣을 거야. 물이 쪼그라들고 있잖아.

나는 짜증이 나기 시작했다. 저안이는 고량주를 한 모금도 마시지 않고 내 술잔을 받아만 놓고 마치 한 병을 들이킨 사람처럼 기분을 긁는 소리만 고집스럽게 하다가 결국 한 모금을 마셨다. 마시기 전 고량주 냄새를 맡고 마치 사약을 받는 충직한 선비처럼 결연한 얼굴이 보여서 나의 기분을 상하게 했지만 내가 마셔! 하며 눈썹을 치켜뜨자, 마지못해 아니 자신도 그 맛이 궁금했는지 마시면 정말 고통 없이 잘 수 있는지 실험해보려는 듯 꿀꺽했다.

너는 무슨 술을 그렇게 맛없게 마시냐.

나는 화장실로 가 물을 대접에 받아오며 말했다. 그 사이 저안이는 땅콩 알레르기가 있는 아이가 비행기에서 주는 땅콩 아이스크림은 괜찮겠지 하는 마음으로 엄마 모르게 한 스푼 발라 먹은 것처럼 얼굴이 붉어지더니 방바닥에 쿡 하고 쓰러졌다. 얼굴이 화끈거리고 가슴이 찌릿하다며 눈을 찡그리며 팔과 다리를 좌우로 뻗었다. 나는 설마 고량주 한 모금으로 긴급출동을 부르는 일은 없겠지, 생각하며 한 손으로는 그의 등을 어루만지고 다른 한 손으로는 내 잔을 찾아 황급히 또 한 모금을 마셨다. 다행히도 그는 금방 잠들었다. 뭔가 초조하고 불안한 표정을 한 채로 작은 신음소리를 내며, 길을 가다 혼자 깊은 웅덩이에 빠진 사람의 얼굴을 하고서. 그래. 그 꺼진 땅속으로, 어둠 속으로 더 들어가봐. 아마 거기서 너를 지금 부른 걸지도 몰라. 그 안에서 살고 있는 또 다른 네가 거기서 기다리고 있을지도 몰라. 구급차가 오려면 아직 시간이 있어. 그러니 미간을 편안히 펴고 그 어둠 속에서 또 다른 너를 만나 물어봐. 왜 아침마다 불안하고 초조한지 말이야. 그를 만나기 전에는 웅덩이 속에서 올라오지 마. 그새 막걸리 빵처럼 부풀어 오른 저안이의 얼굴을 보며 나는 다시 고량주를 따르며 혼잣말을 이어갔다. 마음이 불안하고 초조한 이유가 뭔지, 물어봐? 그 땅 속에서 방치된 아이가 혹시 있는지 말이야?

육수는 쪼그라들어 냄비 바닥에 달라붙고 있었다. 나는 화장실에서 떠온 물을 부었다. 물은 다시 끓기 시작했고 나는 고기 포장지를 이빨로 뜯어내고 이미 녹아 버터처럼 늘어진 고기의 어떤 부위를 물에 던졌다. 다시 고량주를 꿀꺽했다. 허파가 벌룽거린다. 고기를 이제야 먹을 수 있다니. 감격이로군. 나는 익지도 않은 고기를 몇 점 입에 넣고 바로 고량주를 연거푸 마셨다. 다소 해갈이 된 마음으로 창밖을 보니 비는 여전히 아마도 1년 동안은 줄곧 내릴 기세로 하늘에서 유유히 떨어지고 있었고 그 비에 온몸이 젖은 도마뱀은 한 발을 공중으로 들어 올려 자신의 눈알을 가렸다.

방에 엎어진 저안이의 몸은 조금 전보다는 평화로운 표정으로 보였으며 내일 아침까지 깰 것 같지 않았다. 비록 여긴 내 방이었고 어느 누구도 아직 내 방에서 잠을 잔 사람이 없었으나 나는 그를 깨워 이제 네 방으로 가줄래, 난 이제 이 시간에 어울리는 시를 낭송해야 하거든, 하고 싶었지만 헐렁한 런닝 위로 튀어나온 그의 등뼈를 보고는 방금 생각한 나의 말들을 접어야겠다는 생각이 들었고 내가 소중히 여기는 베개를 꺼내 그의 머리에 받쳐주었다. 자고 있는 그의 모습에서는 어떤 착한 냄새가 나오는 것 같았다. 그가 내뿜는 입안의 그것은 내가 마시는 독한 고량주가 아닌 착하고 슬픈, 부서질 것 같은 두부, 고독한 구두 밑창, 보온병의 온기, 흔들리는 촛불 같은, 그런 것들에서 발산되는 알 수 없는 냄새가 내 방을 환기하고 있었다.

• • •

태양이 발광하던 날, 나는 저안이의 (잉거)집으로 또 놀러 갔다. 그의 집 마당에는 커다란 수영장이 있었다. 호루라기를 불면, 수영장 어디선가에서 조금만 시간을 주세요, 수염 좀 정리하고요, 하고는 멋지게 물속에서 혹등고래가 수직으로 솟아오를 것 같은 그런 넓은 수영장이 있었다. 나는 수영을 전혀 하지 못했으므로 물놀이를 하는 저안이의 조카들만 쳐다보았는데 그것만으로도 기분이 좋았다. 나는 고여 있는 물을 무서워했지만 아이들은 그런 물을 겁내지 않았다. 처음에는 공룡이 입을 벌리고 두 다리를 들고 서 있는 고무튜브에 타는 것조차 두려워하더니 아이들은 어느새 물속으로 점프하거나 물위에서 둥둥 떠다니고 있었다. 나는 파라솔 의자에 반쯤 누워 하늘을 쳐다보다가 눈이 부시면 수영장에서 노는 아이들을 쳐다보았는데 물속에는 노는 인간은 아이나 어른이나 맑고 밝다는 느낌이 들었다.

저안이가 나에게 우롱차를 가져다주었다. 내 옆에서 커다란 녹색우산(비치솔) 의자에 어깨를 대고 《타이완 위크》 잡지를 읽고 있던 어머니도 자신도 우롱차를 마시고 싶다며 아들에게 윙크를 했고 한쪽 발목을 아래로 쭉 폈다. 내가 힐끗 보니 저안이 엄마의 발목은 벌겋게 그을려 있었고 주름이 져 있었다. 나는 그때 매년 여름에 이렇게 여기서 보낼 수만 있다면 집에 가지 않아도 좋다고 생각했다.

밤이 되자 아이들은 곤하게 잠이 들었고 저안이와 나는 평정을 되찾은 수영장을 거닐며 이야기했다.

저안: 하늘은 하나가 아니야.
나: 하나가 아니라니? 그럼 뭐야?
저안: 하늘은 아홉 개의 층으로 이루어져 있지.
나: 하늘이 아홉 개의 겹으로?
저안: 그래.
나: 그걸 어떻게 알아?
저안: 하늘은 이렇게 구성돼 있어.

하늘은 말이야,

냄새와 그 냄새에 관한 기묘한 이야기

1층은 악인들이 살고 있지. 대부분 인간들이야.

2층은 귀여운 곤충들이

3층은 육지의 동물들이

4층은 물속의 동물들이

5층은 몸이 불편한 사람들이

6층은 죽은 사람들이

7층은 식물과 나무들이

8층은 정신적 깨달음에 도달한 사람들이

나: 그럼 9층은?

저안: 9층은 아무것도 존재하지 않는 세계야. 우리가 보는 하늘은 그저 1층만 보는 거야.

저안이의 말은 물로 그리는 그림 같았다. 구체적인 형체가 없는 모양과 무늬가 흐리게 그려 있는 그림말이다. 그날 우리는 수영장을 계속 돌며 하늘의 넓이와 깊이에 대해 이야기했다.

· · ·

대만에서 나는 태어나서 처음으로 태풍이라는 것의 위력을 맛보았다. 그날 TV에서는 시간마다 이번 태풍의 규모, 성격, 이름 등을 알려주며 모든 상점과 학교는 안전장치와 폐쇄를 요구하고 있었다.

나: 태풍의 이름은 누가 지어?

저안: 그건 국가태풍센터를 검색해보면 알 수 있어. 이름보다는 태풍의 강도가 중요하지!

나: 태풍이 무서워?

저안: 강하지.

나: 어느 정도야?

저안: 당해보면 알아.

저안이는 밤새 먹을 간식과 음료수를 사러 가자며 TV를 보고 있는 나를 끌어냈다. 편의점 직원도 신문과 녹색테이프를 유리문에 붙이며 문을 닫을 시간이라고 알려주었다. 그럼에도 불구하고, 나는 내 방 창문에 아무런 조치도 하지 않았다. 테이프도 신문지도 붙이지 않았다. 그래봤자, 회오리 정도 일다가 가겠지. 나는 평소처럼 침대에 엎드려 책을 읽다가 복도에 나가 태극권을 연습했다. 12시경 전화벨이 울렸다.

저안: 너, 테이프 붙였어?

나: 아니.

저안: 뭘 믿고 그래?

나: 어떤지 맛 좀 보려고.

저안: 내 방으로 올라와. 그러다 큰일 나.

나: 걱정 마. 내가 알아서 할게.

나는 전화를 끊고 창문을 쳐다보았다. 방충망은 약하게 흔들리고 있었고 도마뱀은 어디로 갔는지 보이지 않았다.

새벽 1시가 넘어가자 태풍은 강력한 바람으로 쉭쉭 거리더니 기어코 방 유리창을 박살냈다. 와장창 깨지며 내 침대로 튀어오는 유리 파편들을 보면서 나는 혼잣말을 크게 했다.

아니, 이거 장난 아니네.

나는 바닥에 떨어진 유리창 파편들과 깨진 창문 사이로 급속하게 몰려오는 태풍의 바람을 잠시 맞고 서 있다가 어이구, 이거 정말 장난 아니네, 하고는 저안이의 방으로 뛰어 올라갔다.

밤사이 태풍은 테이프로 칭칭 둘러싼 저안이 방 창문을 수천 번은 때렸다. 태풍에 창문이 뺨을 맞을 때마다 나는 몸을 오므렸고 저안이는 그런 나를 보면서 웃었다. 우리는 다음날 아침이 오도록 땅콩을 까고 차를 마시며 이런저런 시답지 않은 이야기를 했다. 정오쯤 태풍은 남쪽으로 물러갔고 나와 저안이는 그제야 잠을 잘 수 있었다. 잊혀지지 않는 태풍이었다.

· · ·

바람, 비, 눈, 추운 밤이 오면 저안이는 기숙사 방에서 내가 끓여주는 라면을 먹고 싶어했다. 학기가 끝나고 방학이 시작되면 나는 돈이 없어 집에 가지 못했다. 그럴 때면 엄마는 대만의 기숙사로 라면을 몇 박스씩 보내주곤 했는데, 박스 겉 표면에 유성 펜으로 쓴 엄마의 삐뚤빼뚤한 글씨체를 보면 울컥하기도 했지만 아, 엄마 맞네. 이 글씨 안 예쁜 거 봐. 심지어 이 한자는 틀렸어! 하며 나는 선물을 기대하는 아이처럼 박스를 손으로 뜯었다. 그런데 박스에는 같은 라면만 빼곡히 갇혀 있었다. 초코파이라든지 쥐포라든지 참치라든지 할 수 있는 간식거리는 하나도 보이지 않았다. 엄마의 성격처럼 딱 그것만 보내온 것이다.

그날도 우리는 박스 개봉을 축하하는 기념으로 라면을 네 개나 끓여먹고 후식으로 요구르트를 빨고 있었다.

내가, 뭐 하나 물어볼게. 저안이가 빨대를 물며 말한다.

해봐. 나는 배를 만지며 옆으로 누웠다.

담배
비누
포도주
겨드랑이
꽃
습기
버터
축농증
스컹크

냄새와 그 냄새에 관한 기묘한 이야기

썩은 달걀

소변

이것들의 공통점이 뭘까?

저안이가 물었다. 나는 생각하는 척 하다가 모른다고 했다. 사실 배가 불러 아무 이야기도 안 하고 이대로 있다가 잠을 잤으면 좋겠다는 생각을 하고 있었다.

저안: 냄새지!

나: 냄새?

저안: 대부분의 사람들은 장면이나 소리를 상상하는 데는 뛰어나지만 냄새를 명확히 상상하지는 못해.

나: 왜?

저안: 냄새를 상상하는 것은 능력이거든.

나: 정말?

저안: 그래서 말인데, 후각이 좋으면 여성의 감정을 다른 누구보다 잘 눈치챌 수 있어.

나: 말도 안 돼.

나는 잠을 자려고 눈을 감고 말했다.

저안: 향수를 뿌려도 자기 냄새가 강한 사람은 5분 만에 원래의 냄새로 다시 돌아가. 개인의 냄새가 강하면 화장품이 먹히질 않거든.

나: 정말?

저안: 난 임신한 동물도 알 수 있어.

저안이가 나의 다리를 보며 말했다.

나: 어떻게?

저안: 인간이건 동물이건 자기 새끼를 밴 어미는 스트레스가 높고 예민하지. 코르티솔이 높아.

나: 그게 뭔데?

저안: 스트레스, 화, 분노가 일어나면 뇌 속에서 나오는 신경전달 물질 즉 호르몬이지. 우리 기숙사 담벼락 밑에 사는 등 털 벗겨진 개 알지?

나: 알아, 그 보기 흉한 개?

저안: 그 개 말이야, 임신했어.

나: 정말? 어떻게 알아?

저안: 냄새가 달라. 그리고 너 언제 사고 크게 난 적 있지?

저안이는 마치 심문을 하는 형사처럼 나를 빤히 쳐다보며 말했다.

나: 아니, 아닌데.

저안: 분명 다리 쪽인데?

나: 아니라고. 틀렸어. 너.

저안: 이상하다. 너의 왼쪽 다리에서 보철물 냄새가 나거든. 탄소

섬유 냄새.

나는 아니라고 했지만 사실 대만을 오기 전 오토바이를 타다가 다쳐서 다리 수술한 적이 있었다. 그날 저안이는 평소의 노새 같은 기행을 고집하기보다는 후각을 연구하는 정신과 의사 같았고 점쟁이 같았다.

• • •

그 시절, 내 기숙사 방에는 정말 라면이 많았다. 방의 한 벽면에는 책이 아닌 라면이 일렬로 정비되어 있었다. 다 엄마가 보내준 것이다. 엄마! 라면 말고도 먹을 건 많아. 제발, 다른 걸로 좀 보내줘, 하고 싶었지만 라면만 보내는 엄마의 마음은 어떨까, 하는 생각이 들어 고마워. 엄마. 세상에서 라면이 제일 맛있어, 하고 전화를 했지만 사실은 라면봉지만 봐도 토할 것 같았다. 끓여먹고, 부셔먹고, 쪼개먹고, 씹어 먹고, 스프 뿌려 갈아먹고 지겹도록 라면만 먹던 시절이었다.

라면박스가 비행기를 타고 바다를 건너 기숙사로 오면 나는 그중 한 박스를 바로 저안이에게 주었다. 큰 선물인 양, 공양하듯 한 박스를 그의 방문 앞에 놓아주었다. 그러면 그는 그렇게 귀한 음식을 자신에게 이렇게 박스더미로 주어도 괜찮으냐고 물었다. 그는 기뻐하며 바로 박스를 뜯어 (생)라면을 씹어 먹었다. 그러던 어느 날, 그가 내 방으로 찾아와 성난 소처럼 물었다.

저안: 라면의 성분이 뭐지?
나: 무슨 말이야?
저안: 라면에 들어가 있는 스프와 라면의 구성이 뭐냐고?
나: 잘 모르지. 그냥 먹는 거지.

저안이는 눈알을 부라리더니 어떻게든 알려달라며 방 안에서 기다렸다. 나는 좀 귀찮았지만 컴퓨터에서 라면에 대한 정보를 그대로 알려주었다. 다음과 같이 말이다.

라면은 종류도 많고 그 특징이 다 다르지만, 일반적으로 국수를 증숙시킨 후, 기름에 튀겨 만든 유탕 면과 혹은 기름에 튀기지 않은 건면에 분말 수프를 합친 것이라고 말할 수 있다. 라면의 원료는 크게 면과 수프로 구분되는데 면에는 소맥분이 83~85%, 정제유지가 15~18%, 기타요소 0.6~1%로 구성되어 있다. 수프는 쇠고기와 간장을 비롯해 글루타민산나트륨, 핵산조미료, 포도당, 향신료, 마늘, 양파, 고추 등으로 이루어져 있다.

그리고, 라면 하나의 면발은 약 75가닥으로 이루어져 있고 한 가닥의 길이는 대략 65센티미터, 총 길이는 49미터, 열량은 520칼로리 내외, 그중 탄수화물이 80그램, 단백질이 10그램 정도이다.

저안: 수프에 쇠고기가 들어가 있어?

냄새와 그 냄새에 관한 기묘한 이야기

나: 그게 뭐, 왜?

저안: 소. 그건 고기잖아.

나: 그냥 국물 맛내는 정도겠지.

그러자 그는 나를 쏘아보면서 말했다.

저안: 난, 고기 안 먹어. 너 알잖아?

나: 야, 너무 예민하게 굴지 마. 별거 없어. 정말로 여기에 소의 어떤 부위를 넣었겠니?

나는 그 말을 듣고 좀 어이가 없어서 두 손을 들어 흔들며 말했다. 저안이는 잠시 나를 노려보더니 문을 닫지도 않고 휙 나가버렸다. 나는 황당했다. 저런 변덕쟁이, 여태까지 잘 먹어놓고, 이제 와서 왜 저래? 나는 책장에 반듯하게 자리를 잡고 있는 라면 한 개를 꺼내 잘게 부수어 아작아작 소리를 내며 씹어 먹었다. 소불알이나 털 냄새는 나지 않았다. 그 후로 저안이는 내 방에 오지도 않았고 교실에서도 아는 체를 하지 않았다. 나도 화가 나서 그를 찾아가지고 본 척도 하지 않았다.

4부

또 다른 세상

괜찮은가요? 배가 뒤집어진 모양의 노란 모자를 쓴 사람이 내 얼굴을 안쓰럽게 내려다보며 묻는다. 나는 입을 벌리려 했지만 마음대로 되지 않았다. 잠시 후 들것에 실려 어디론가 가는 느낌이 들었다. 사람들이 웅성거리는 소리가 들렸지만 눈을 뜨지 못했다. 내가 내 마음대로 눈을 뜨지 못한 건 처음이었다.

· · ·

헐렁한 창문 틈 사이로 라마승 두 명이 지나간다. 앞서가는 라마승은 왼쪽으로 비틀어진 코를 가졌다. 이곳에서 자신의 얼굴을 본 사람이 있을까. 볼 필요는 없을 것이다. 깨달음을 추구하는 사람들이 머리의 숱이나 턱선을 가지고 고민할 이유는 없겠지.

마당에 나와 햇볕을 받는다. 어지러운데 기분은 좋다. 고개를 빼 아래를 보니 내가 밤새 올라온 절벽이 보인다.

누구는 푸른 언덕에 집을 짓고 누구는 전망 좋은 해변 언덕에, 누구는 산 위에 집을 짓는다. 도끼와 톱으로, 전기와 불로, 욕심과 야욕을 가지고 나무와 숲을 갈라 그 안에 들어가 건물을 짓고 내려다보기를 좋아한다. 그걸 전망이라고 한다. 그 전망으로 사람들을 초대한다. 저기 강이 보이지? 물으며 부러움과 칭찬을 기대한다. 그런 사람들은 아래를 내려다봐야 우월감이 생긴다. 그래야 잠도 잘 오고 밥맛도 나고 살맛이 난다. 자신은 내려다보아야 하고 사람들이 자신을 올려보아야 인생에서 성공했다고 뿌듯해한다. 행복은 다름 아닌 거기에서 오는 거라고 생각한다.

여기 사람들은 자연을 쪼개 집을 짓지 않는다. 그 안으로 들어가 산다. 산, 동굴, 언덕, 돌, 절벽 속으로 갈라진 틈 사이로 들어가 산다. 그것들의 원형과 본질을 해치지 않으면서.

그래도 이건 심하지 않은가. 절벽에 뚫린 작은 구멍으로 들어가 명상을 하는가 하면, 석굴 속에서 평생을 나오지 않고 눈을 감고 앉아 있는 사람도 있다. 내려다보길 좋아하는 사람들이 보면 여긴 미친 사람들이 모여 사는 곳이라 생각할 만하다. 하지만 수행은 미친 사람들이 하는 것이다. 평지 사람들이 하는 일상과 언행을 벗어난 것이다. 깨달음은 미쳐버린 사람들만이 도전할 수 있다. 소유와 과시를 좋아하는 사람들은 깨달음에 목숨을 걸지 않는다. 그들은 물질과 이름에 목숨을 건다.

돌 틈이나 동굴에서 산다는 것은 어떤 느낌일까? 어디서든 혼자 살면 심심할 텐데. 마음의 관찰, 굶주림, 세상과 모든 존재를 연민하는 마음, 사랑을 거부하고 동정과 관용을 지니는 마음, 설법이나 생각보다 행위와 삶이 중요한 마음, 탄생과 죽음이 동시에 서린 얼굴, 그 단일성과 동시성을 추구하는 것이, 가족을 버리고 이곳에 들어와 평생을 걸 만큼 중요한가. 거기에 도달하면 마음은 늘 평화로운 것인가. 고통과 슬픔이 없는 상태인가. 아니면 분노와 공포가 오더라도 수양의 능력으로 언제든 가볍게 그것들을 제압할 수 있는 기분의 상태일까.

・　・　・

봉투를 내밀었다. 하늘과 맞닿아 있어도 이곳도 사람이 사는 곳이라 염치는 필요할 것 같았다. 이게 가지고 있는 전부라며 잠시이곳에 머물게 해달라고 부탁했다. 잠잘 곳만 제공해주면 된다고, 그저 얼마간의 시간만 허락해주면 고맙겠다고 두 손을 턱밑까지끌어올려 합장을 했다. 친구를 찾으러 왔다는 말은 하지 않았다. 눈밑에 흉터가 깊게 베인 라마승의 표정이 엄숙해지더니 말한다.

이곳의 생활은 안락하거나 편안하지 않습니다.

알고 있습니다.

목숨을 걸 수 있나요?

목숨이요?

돈이 문제가 아닙니다. 그는 내가 내민 봉투를 다시 건네며 말을덧붙였다.

이곳은 (중국)공안이 불시에 올라와 수색합니다. 중국정부에서지시한 규정대로 잘 돌아가고 있는지 살펴보는 거지요.

언제요?

그건 알 수 없어요. 자기들 마음이니까. 그러니까 혹시 모를 만약의 사태에 대비하려면 이 동굴에서 저 동굴로 피신도 해야 합니다.

할 수 있습니다.

나는 도망 다니는 것이 나의 전공이라고 말하고 싶었다. 그는 주위를 크게 둘러보고는 작은 목소리로 말했다.

　당신처럼 이방인이 이곳에 있다가 걸리면 잠입자로 오해받아 체
포되고, 그러면 설산 속의 어떤 협곡으로 끌려갈 수도 있어요.
　협곡이요?
　그곳으로 끌려가면 어떤 특별한 방으로 들어가는데, 나온 사람
이 없대요.

　그는 손가락을 입에 대며 다시 한 번 밖을 두리번거렸다. 그 위
협적인 이야기를 듣고 나는 잠시 소름이 끼쳤으나 아무렇지도 않
은 척 말했다.

　괜찮아요. 난, 안 잡혀요.
　잘 도망가요. 염려 말아요.

· · ·

　고개를 들어 하늘에서 떨어지는 빗물을 그대로 받아 마시며 걸
어가는 라마승을 보았다. 그의 손에는 뻣뻣한 빗자루가 쥐어져 있
었다. 나는 그의 뒤를 따라 걸었다. 그가 법당 뒤편에 있는 향탑(香
塔)을 보자 그 자리에 멈추어 섰다. 저 빗자루로 탑을 청소하려는
가? 나는 좀 떨어져서 그의 뒷모습을 바라보았다. 그런데 그의 앞,
그러니까 탑 뒤쪽으로 커다란 벽이 보였다. 높게 솟은 벽은 어떤

장애물의 느낌을 주었다. 그는 그 벽을 잠시 응시하더니 뒤로 몇 발자국 물러섰다. 그리곤 바닥에 끌던 빗자루를 공중으로 한껏 세우더니 앞의 벽을 향해 조준을 하는 듯했다. 나의 존재를 알리려고 발로 땅을 몇 번 긁었는데 그는 돌아보지 않았다.

그가 갑자기 뛰기 시작했다. 그는 빗자루를 두 손으로 잡은 채 앞을 향해 마치 벽을 찌르기라도 하려는 듯이 달려갔다. 벽 앞에 다가갔을 즈음 그는 어떤 고함을 지르더니 빗자루를 바닥에 찍고 그 반동으로 몸을 튕겨 하늘 높이 솟구쳤다. 그리고는 또 어떤 소리를 내며 그 벽을 넘으려 하였다. 하지만 그의 몸은 벽의 안쪽으로 떨어졌다. 미간을 찡그리는 것이 아파 보였다. 빗자루는 튕겨져 나갔고 그의 몸도 돌에 맞은 새처럼 바닥에 떨어졌다. 하지만 그는 소년처럼 명랑하게 일어나 옷을 털고 빗자루를 찾아 다시 쥐었다. 나는 이해가 되지 않는 기분이 들었다. 저건 뭐하는 거지? 운동인가? 그는 빗자루를 이용해 계속 땅을 솟구쳐 올라 그 벽을 넘으려 하였으나 번번이 실패하였다. 더럽혀진 그의 옷과 몸은 힘들어 보였다. 얼굴은 흙과 피가 엉겨 붙어 있었고 왼쪽 다리는 어디가 부러진 듯 빗자루를 지팡이 삼아 한쪽으로 기울어진 채로 서 있어야 했다. 무슨 일인지는 몰라도 오늘은 그만하고 내일 하도록 해요. 그러다 죽겠어요, 그를 말리고 싶었지만 그의 남루한 몸에서 나는 어떤 결기와 의지, 숭고한 표정을 보고 곧 그만두었다.

지금이군! 그는 마치 내가 들으라는 양, 들을 수 있을 정도로 말하더니 불쌍한 빗자루를 다시 바닥에 세웠다. 그리곤 앞을 향해 또 달려가기 시작했다. 벽은 언제나 그렇듯이 말없이 그를 기다리고 있었다.

휘청하며 벽 바로 앞에서 빗자루가 반쯤 휘도록 땅을 찍더니 이내 몸이 높이 튕겨져 올라 벽 너머로 사라졌다. 그의 몸이 가장 높이 올라 벽 저쪽으로 방향을 틀었을 때, 그는 나를 힐끗 쳐다보았다. 그는 기쁨이 가득한 눈동자를 하고 있었는데 안녕, 하는 눈빛이었다. 빗자루는 벽 안쪽으로 그는 벽 바깥쪽으로 떨어졌다. 나는 바닥에 떨어진 빗자루를 주워들고 그 벽 앞으로 걸어가 보았다. 빗자루에는 땀과 피 자국이 엉겨 있었다. 나는 앞쪽으로 걸어가 벽을 쳐다보았다. 벽에는 무언가 씌어 있었다. 이렇게.

생사(生死)의 벽.

· · ·

내 방 뒤쪽으로 세 갈래 길이 나 있다. 나는 왼쪽으로 난 길로 가보았다. 반나절을 올라가니 사각형 모양의 작은 공간이 나왔다. 면적의 1/4은 모래가 반듯하게 펼쳐 있고, 또 1/4은 파란 연못이 있고, 또 1/4은 유채꽃들이 있었으며 나머지 1/4은 돌탑이 자리 잡고 있었다. 신기하여 연못을 들여다보니 몸에 털이 난 물고기가 돌아다니고 있었고 돌탑 앞으로 걸어가니 탑 기둥에 '세상의 시작은 어디인가?'라는 글이 박혀 있었다.

다음날, 나는 오른쪽 길이 궁금했다. 역시 반나절을 올라가니 숲이 나왔다. 숲인데 나무 냄새보다는 우유 냄새가 났다. 그 냄새를 맡으며 좀 더 올라가자 절벽이 나왔다. 밑을 보니 예상대로 낭떠러지였다. 햇볕이 강해 두 손으로 차양을 만들어 주위를 둘러보니 절벽 끝에 작은 화장실들이 나란히 늘어서 있는 것이 보였다.

이런, 화장실이 여기 있었네. 나는 다가가 그곳의 입구에 해당되는 붉은 천을 올렸다. 순간 나는 너무 놀라서 아무 소리도 내지 못하고 두 손으로 입을 틀어막았다. 라마승 한 명이 앉아 있었는데 눈을 감고 가부좌를 틀고 있었다. 잠시 세상이 사라졌다. 그가 눈을 뜨기 전에 나는 황급히 천을 내리고 방으로 뛰어왔다. 그곳은 화장실이 아니고, 라마승이 명상하는 수행 방이었다.

또 다음날, 나는 가운데 길로 올라갔다. 손으로 깎은 돌계단이 나왔다. 계단은 사람 발 하나 들어갈 정도로 협소하고 아슬했다. 목에 힘을 주고 조심조심 돌계단을 올라갔다. 정상에는 돌로 된 굴들이 벌집처럼 연결돼 있었다. 알 수 없는 동굴 앞에 도달했다. 저 안에는 불에 타지 않는 몸을 가진 수행승이 살고 있을까. 입구로 보이는 곳에 커다란 돌이 세로로 누워 있다. 다가가 보니 돌에 그림이 새겨져 있었는데 이랬다.

원숭이 한 마리가 허리를 세우고 서 있다.
그 앞에 할아버지가 앉아 있다.
원숭이는 한 손에는 부채를 한 손에는 경전을 들고 있다.

할아버지가 깃털이 달린 모자를 원숭이에게 내밀고 있다.

그 옆에는 공작새 한 마리가 꼬리를 펴고 원숭이를 바라보고 있다.

그 위로 조금 더 올라가니 이번에는 가로로 누운 돌이 어떤 입구를 막고 있다. 내가 손으로 밀어보았으나 꿈쩍하지 않았다. 나는 벽에 귀를 갖다 댔다. 아무 소리도 들리지 않았다. 기다렸다. 기다림은 항상 결실을 맺는다. 이윽고 어떤 소리가 들린다. 나는 돌에 귀를 좀더 밀착한다. 저건, 원숭이 소리 같은데?

. . .

이곳은 밤이 되면 뺨이 얼어서 터질 것 같다. 턱턱턱. 이빨이 스스로 부딪치고 쪼개진다. 몸을 따뜻하게 데워줄 것이라곤 촛불만이 전부다. 너무 추워 뜀박질이라도 할 요량으로 사원마당으로 나갔다. 한밤에 뜀뛰기는 나의 전공 아닌가. 마당 한가운데 라마승이 누워 있다. 그의 붉은 옷은 터진 무화과 열매 같고 누가 봐도 쉰 살은 된 듯한 종아리가 보인다. 저 라마승은 이 밤에 뭘 하는 거지? 그는 누워 두 손바닥을 달을 보게 하고 입을 벌리고 있었다. 저것도 수행의 일종인가?

나는 조용히 다가가 옆에 물을 놓아두고 왔다.

. . .

냄새와 그 냄새에 관한 기묘한 이야기

내 방에서 왼쪽으로 나 있는 돌담을 넘어가면 쿼보라고 불리는 라마승 할아버지 살고 있다. 밤이 되면 나는 그 방으로 건너간다. 숨이 차고 앞이 보이지 않지만 밤에는 거기만 한 놀이방도 없기 때문이다. 몸을 굽히고 애벌레처럼 방에 들어가면 촛불을 켜고 몇 명의 어린 라마승들이 할아버지를 둘러싸고 소곤거리고 있다. 내가 문지방 앞에 비스듬히 앉으면 할아버지는 빙그레 웃으며 둘러앉은 라마승들에게 질문을 던진다. 그날은 이랬다.

달 냄새를 맡아본 사람?

(서로들 멀뚱거린다.)

그럼 별의 냄새는?

(모두들 침묵한다.)

할아버지가 합죽 웃으며 말한다.

거짓말이라도 해봐.

(그래도 아무 말들이 없다.)

할아버지는 질문을 바꾼다.

그럼, 이런 질문은 어떨까?

자신의 몸에서 나는 냄새를 맡아본 사람은?

그 말을 듣자 어린 라마승들은 팔을 들어 코를 대고 맡아보는 시늉을 한다. 할아버지는 재미있다는 듯이 낄낄 웃는다. 그때, 방으로 누가 찾아왔다. 그는 한눈에 봐도 사내답고, 검붉은 피부를 가졌고, 맑은 얼굴과 송아지 같은 눈동자를 가졌다. 이곳에서 독수리의 밥을 책임지는 사람이라고 켄보 할아버지가 말해주었다. 나는 악수를 하려고 일어나 그에게 손을 내밀었다. 그는 잠시 멈칫하고 나를 보더니 자신의 왼손을 나에게 내밀었다.

•　·　·　•

구두 닦는 손을 보면
창문 닦는 손을 보면
청소하는 손을 보면
석탄 캐는 손을 보면
생선 손질하는 손을 보면
경전을 넘기는 손을 보면
눈치 챌 수 있다.
그 손을 가진 사람의 직업과 성격을.

　나는 습관처럼 처음 보는 사람을 만나면 그의 손과 발을 보고 싶어한다. 다만 그(또는 그녀)가 눈치채지 못하게 해야 한다. 만일 나의 부주의하고 세심하지 못한 어설픈 동작으로 상대방이 알아버리면 곤란하다. 만일 그렇게 된다면, 그러니까 상대방이 눈치챈다면 슬쩍 손을 뒤로 가져가거나 어딘가로 숨길 것이다. 그렇게 되면 나도 그들 못지않은 얼굴이 되지만 사실 아쉬운 건, 좀 더 상대방의 손을 길게 관찰하지 못하게 되는 것이다.

손은 존재가 살아온 과거를 상상하게 해준다. 처음 만난 사람과 반갑게 악수를 해보면 악력과 손바닥의 느낌을 알 수 있다. 이 사람이 어떠한 직업을 가졌으며 어떤 성질의 사람인지 생각할 수 있다. 상대방의 하찮은 소문도 손을 만져보면 그 진위를 가늠할 수 있다.

독수리 밥을 준다는, 그와 악수를 할 때 나는 문득 할머니와 엄마가 생각났다. 뙤약볕에서 오그라든 자신의 몸을 지켜줄 파라솔도 없이 그냥 신문지 몇 장에 퍼질러 앉아 이른 새벽부터 준비한 파와 상추를 팔아 나에게 달고나를 사주던 할머니 손. 그리고 고무장갑 뒤집기를 반나절 하고 나서 간식으로 나온 팥빵을 나에게 주저 없이 건네주던 엄마의 손. 할머니와 엄마의 손에서 나는 예수님을 박은 못보다 더 큰 알이 박혀 있던 자국이 생각났다.

• • •

그는 할아버지 옆에 앉았다. 나는 그를 바라보며 그의 손의 촉감을 기억하며 생각한다. 무언가를 쥐고 놓지 않으려는 손보다는 흘려보내려는 손가락, 그 손가락 사이로 빠져나가는 것이 더 많을 것 같은 손이었다. 오솔길 덫에 걸린 오소리의 발처럼 그의 손은 예민해 보였다. 모아쥔 그의 손을 훔쳐본다. 손가락 사이사이가 벌어져 있다. 검붉은 손가락도 보이고 아물어 가는 상처도 보인다. 단정한 그의 몸은 손을 사랑하듯 감싸는 모양을 하고 있다. 손톱은 불균형하다. 이빨로 물어뜯은 것인가. 꼬부라지도록 길게 기른 손톱, 증오의 손톱인가. 검붉은 때가 손톱 밑에 숨어 있다. 두 손을 맞잡은 그의 손바닥 틈으로 오늘도 무언가를 자르고, 가르고, 바르고, 토막 냈다는, 그래서 힘들고 괴로웠다는 검은 샘물이 고여 있는 듯하다.

내친김에 그의 발도 본다. 역시 맨발이었고 발톱은 부끄러움 없이 세상을 향해 나와 있었다. 햇볕에 그을린 발목과 틀어진 엄지발가락. 발등은 불룩하다. 평평하고, 물렁물렁하고, 가운데가 우묵한, 부채꼴 모양으로 펼쳐진 그의 발가락이 꼼지락거린다.

왜, 발은 인간의 몸 중에서 가장 아래에 달려 있을까? 왜, 열 개의 발가락이 있어야 하는가? 나는 그의 발에게 묻는다.

너는 어째서 아래에서 살고 있니?
눈과 혀처럼 위에서 군림하지 못하고
왜, 아래서 나날이 못생겨지고 있니?

그가 자세가 불편했는지 두 다리를 앞으로 뻗는다. 발등에는 보송보송한 털이 몇 가닥 올라와 있었는데 나는 그 순간 그것이 나무의 잎사귀처럼 느껴졌다.

· · ·

할아버지가 산에서 주웠다며 방바닥에 무언가를 내놓는다. 모두들 그것을 쳐다본다. 나는 안다, 저게 무엇인지. 다들 신기한 듯 그것을 중심으로 모여든다.

라마승 1: 이건, 안경인가요?
라마승 2: 그건, 평지에 사는 사람들이 쓰는 거울 아닌가요?
나: 그건 망원경이라는 겁니다.
할아버지: 뭐에 쓰는 건가?
나: 멀리 보고자 할 때 씁니다.
할아버지: 달도 볼 수 있는가?
나: 네.

내 말을 듣고 할아버지는 모두들 마당으로 나가자고 했다. 그들은 돌아가며 망원경을 눈에 대고 기울어진 달에 조준했다.

· · ·

다음날 밤, 할아버지는 마당에다 큰 원을 그리고 그 안에서 라마승들과 이야기를 하고 있었다. 못 보던 사다리 하나가 바닥에서 할아버지의 방 지붕까지 걸쳐져 있었다.

라마승 1: 이건 뭐하는 거지요?

할아버지: 올라가는 것이다.

라마승 2: 어디로요?

할아버지: 위로.

라마승 3: 왜요?

할아버지: 시선을 높은 곳에서 더 멀리 보려는 것이다. (할아버지는 품 속에서 어제의 그 망원경을 꺼내며 말을 덧붙였다.) 인간은 두 종류다.

나: 두 종류요?

할아버지: 보이는 것만 보는 인간과, 보이지 않는 것을 보려고 노력하는 인간이지.

나: 어떻게 다른가요?

(나는 난해한 문제를 푸는 표정을 하며 할아버지의 눈을 쳐다봤다.)

할아버지: 그건 이미 오랫동안 주장해왔던 자신의 습관적 망상을 버리고 그 너머의 세계를 갈망해야 보인다.

할아버지는 말을 마치자 라마승들에게 사다리를 타고 올라가 밤하늘을 보라고 했다. 한 명씩 사다리에 올라 망원경으로 달 보기를 했다. 내가 마지막으로 사다리에서 내려오자 할아버지는 커다란 원 안으로 모두 들어오라고 했다. 펄쩍 뛰어 원 안으로 들어가는 라마승도 있고 발을 끌며 원을 흐리게 지우며 들어가는 라마승도 있다. 나는 원 중앙에 섰다. 모두들 무슨 이유인줄도 모르고 원 밖으로 안 나가려고 끌어안는다. 이건 고원에서만 하는 달밤의 게

냄새와 그 냄새에 관한 기묘한 이야기

임인가? 나는 신나서 옆에 있는 라마승의 등을 안았다.

또 다음날 밤, 할아버지의 이야기가 끝나고 내가 방을 나가려는데 밖에는 뜻밖에도 개처럼 생긴 호랑이 한 마리가 서서 개처럼 짖고 있었다. 컹, 컹, 컹. 나는 무섭지 않다는 듯, 저건 줄무늬 고양이로군요. 나는 다가가 호랑이의 턱 밑을 만지려 했다. 호랑이는 자신이 맹수의 왕이라는 것을 인식시켜주려는 듯 어흥, 하며 앞발을 들어 올렸다. 나는 그제야 어이쿠, 이건 정말 호랑이네요, 하면서 다시 방으로 뛰어 들어갔다. 할아버지는 내가 방에서 호들갑을 떨자 방문을 활짝 열고 제법 큰 소리를 내어 누군가를 불렀다.

게꾀, 게꾀. 거기 있니? 잠시 후, 검은 길에서 누군가가 뛰어오는 소리가 들렸다. 그는 마치 할아버지의 안전을 책임지고 있는 경호원처럼 근처 어디선가 대기하고 있다가 빠르게 뛰어오는 듯했다. 그가 방안에 들어섰을 때 나는 하마터면 소리를 지를 뻔했다. 덩치가 너무 컸기 때문이다. 그는 힘도 세고 밤눈이 밝아 나를 방까지 데려다주는 데 문제없을 거라고 할아버지는 말했다. 그는 방 천장에 머리가 닿아서 고개를 숙여야 했으며 팔과 다리는 잘 달구어진 쇠몽둥이 같았다.

• • •

이곳에서 그는 철방(鐵榜)라마라고 불렸다. 보통 '게꾀'라고 불렸는데 사원의 안전을 책임지는 그러니까 보안관의 직책을 맡은 듯했다. 아무튼 그는 보안관에 어울리는 배지와 총 그리고 멋진 카우보이 모자와 그럴듯한 제복을 갖추지는 않았지만 얼굴만 보면 책임감으로 똘똘 뭉친 보안관과 비슷했다. 할아버지는 그에게 나를 방까지 안전하게 데려다 주라고 했다. 그는 나를 향해 두 손을 합장하더니 먼저 방을 나갔다. 내가 그의 등 뒤로 따라 나가자 밖에 있던 개를 닮은 호랑이가 또다시 나를 향해 다시 짖기 시작했다. 여전히 호랑이의 소리보다는 배가 고픈 개의 소리에 가까웠다. 그가 손을 허공에서 저으며 호랑이에게 뭐라 했다. 개처럼 보이는 호랑이는 그의 손과 방망이를 보고는 바닥에 엎드렸다.

그는 정말 인상적이었다. 짧은 머리카락에 두꺼운 입술, 볼에서 귀로 이어진 어떤 상처 그리고 강압적인 눈썹과 갈색 눈동자. 그런 그를 더욱 강하게 드러나게 하는 몸을 둘러싼 빨간색 원피스 모양의 가삼, 한 손에 틀어쥔 방망이였는데 그 방망이는 나무가 아닌 돌이라고 했다.

확실히 그의 인상은 사원의 질서와 보안을 충분히 책임질 만한 엄중함이 어려 있었다. 어쩌면 강하게 짖었던 그 개를 닮은 호랑이는 나를 보고 짖은 것이 아니고 근처에서 방망이를 어깨에 메고 오는 그가 무서워 겁을 먹고 짖어댔는지도 모른다. 그가 앞에서 밤길을 헤친다. 그와 나는 빈대떡과 피자를 이야기하듯 띄엄띄엄 서로 다른 소리를 내며 방까지 걸어왔다. 어깨에 멘 그의 방망이와 밤의 적막이 어울리지 않았으나 그가 내는 휘파람 소리는 나의 발걸음을 편하게 해주었다.

내 방에 이르러 나는 고마움을 어떻게 표현해야 할까 잠시 생각하다가 그를 향해 손바닥을 앞으로 끄덕였다. 방으로 들어가자는 표시였는데 그는 '그럼, 잘 가'로 이해했는지 돌아섰다. 나는 쫓아가 그의 등을 쳤다. 그리고 방으로 같이 들어가자는 손시늉을 했다. 조금 놀라며 머뭇거리던 그는 왼손으로 머리를 두 번 긁더니 방망이를 허리에 차고 방 안으로 성큼 들어섰다.

내 방으로 들어서자 그의 몸은 더욱 구체적으로 드러났다. 이솝 우화에 나오는 눈알이 한 개인 거대한 거인 같았다. 비좁은 나의 방은 그의 인상을 더욱 확연하게 드러냈다. 촛불에 드러나는 그의 몸과 얼굴은 밖에서 으르렁거렸던 호랑이보다 더 무서워 보였다. 그는 사람이지만 입에서 어홍, 하면 호랑이로 단박에 변할 것 같은 털과 몸을 하고 있었다. 몸에서는 진한 버터 냄새가 났는데 그가 누런 이빨을 보이며 웃을 때는 버터 냄새가 흘러나왔다. 나는 마음을 진정하고 어정쩡하게 서 있는 그를 향해 편하게 앉으라는 손짓을 하고 구석에 있던 가방에서 무언가를 찾기 시작했다.

라면을 꺼내 그를 향해 흔들어 보이고 다른 한 손을 높이 들어 보란 듯이 그 봉지를 내리쳤다. 그런데 빵, 하고 봉지가 터지지 않았다. 멋쩍어진 나는 방바닥에 그 건방진 봉지를 내려놓고 화가 난

듯 주먹을 쥐어 몇 차례 내리쳤다. 그 모습을 본 그는 어색한 웃음을 지으며 자신의 머리를 쓰다듬었다.

으드득. 내가 손바닥으로 누르자 봉지 안에서 라면덩어리가 부서지는 소리가 났다. 그는 어색한지 또 머리를 긁으며 나를 가만히 쳐다보았다. 그게 뭔가요? 하는 눈매를 하고 있는 그를 나는 개의치 않고 스프봉지를 꺼내 이빨로 찢었다. 빨간 가루스프가 방바닥에 떨어졌다. 나는 그 빨간 가루를 손으로 긁어모아 봉지 속에 쏟아붓고 경쾌하게 흔들었다.

됐어요. 자, 먹어봐요! 내가 먹어도 된다는 입모양을 하자 그는 방망이를 바닥에 누이고 두 손으로 차분히 봉지를 받아들었다. 그리고는 나를 한번 쳐다보더니 혀를 살짝 내밀었다. 그의 혀가 입 밖으로 나왔을 때, 나는 또 한 번 깜짝 놀라 뒤로 물러나야만 했다. 나온 혀가 무척이나 두텁고 길었기 때문이었다. 아마 마음먹고 힘껏 혀를 내밀면 방안을 다 감쌀 정도의 길이와 넓이가 되지 않을까 싶었다. 그의 혀는 높은 곳의 나무 잎사귀를 씹으려 내민 기린의 혀와 비슷했다. 그가 씹으며 물었다.

이게 뭐지요?
이건 한국의 '라면'이라는 겁니다.
이게 뭐지요?

그가 또 묻는다. 그는 나의 말을 알아듣지 못했는지, 흰 침으로 번들거리는 라면봉지를 핥아대며 이게 뭐냐고? 반복해서 물었다. 전혀 알아듣지 못하는 둘만의 언어를 구사하던 우리는 서로를 바라보며 크게 웃었다. 라면봉지만 빼고 다 먹은 그의 얼굴은 상기돼 보였는데 오랫만에 고기를 먹었다는 표정이었다. 그는 흡족한 미소를 짓고, 돌방망이를 어깨에 걸고, 스프가루를 턱에 묻힌 채 돌아갔다.

· · ·

설산 뒤로 장엄하게 넘어가는 보라색 노을을 바라보며 '아, 저런 게 아름다운 거구나' 하며 걷고 있을 때 멀리서도 알아볼 수 있는 붉은 나무를 발견했다. 어째서 잎사귀가 붉은색일까. 갈색이거나 녹색이어야 하지 않나. 그 나무는 잎사귀도 줄기, 심지어 나무 기둥도 빨간색이었는데 마치 방금 한 양동이의 피를 마신 듯했다. 가까이 다가가 보니 나무는 곧바로 뻗지 않았고 울퉁불퉁했다. 안아볼까, 하는 생각이 들어 양팔을 벌리는 순간 사람의 말소리가 들렸다. 저만치서 독수리에게 밥을 준다는 해부사와 (켄보)할아버지가 걸어오는 것이 보였다. 반가워 손을 들어 아는 척을 하려고 하였으나 그만두었다. 그리곤 나도 모르게 나무 위로 숨었다. 그들은 천천히 걸어오더니 나무 밑에 나란히 누웠다. 술래잡기를 하다 지친 아이들처럼 그들은 벌러덩 눕더니 하늘을 보며 이야기를 나누었다.

할아버지: 소리를 들어야 한다.

해부사: 네.

할아버지: 냄새를 맡아야 한다.

해부사: 네.

할아버지: 그래야 생명의 본질을 포착할 수 있다.

바람이 불어와 내 머리카락을 흩트렸다.

할아버지: 먼저 자신의 소리를 들어야 한다.

해부사: 경전 낭송. 그건 하고 있습니다.

할아버지: 자연의 소리도 들어야 한다.

해부사: 알고 있습니다.

할아버지: 동물의 소리도 들어야 한다.

해부사: 네.

할아버지가 일어나 앉아 주위를 둘러본다. 내가 올라와 있는 나무를 흘긋 올려다본다. 나는 몸을 오므렸다. 그때, 개 한 마리가 나타나 어슬렁거리더니 나무 밑으로 와 해부사의 옆구리에 힘없이 엎드린다.

할아버지: 자연에 대해 아는 것이 많아야 한다. 태양, 달, 별, 나무, 비, 눈, 기후, 땅, 하늘 그리고 계절의 변화에 예민해야 한다.

해부사: 계절의 변화요?

냄새와 그 냄새에 관한 기묘한 이야기

할아버지: 그래. 자연 말이야. 자연은 스스로 그 모든 것을 때(時)에 맞게 알려준다. 그것에 대한 관찰과 지식이 없이는 예민할 수 없다. 지금의 겨울이 작년의 겨울과 같다고 생각하는가?

해부사: 아닐 겁니다.

할아버지: 그거다. 작년과 지금 그리고 지금과 내년의 겨울은 같지 않다. 어떻게 알 수 있는가?

해부사: 모르겠습니다.

할아버지: 그걸 알아야 한다. 그걸 알면 다음 단계로 나아갈 수 있다.

할아버지의 말이 끝나자 조용해졌다. 나는 그들이 잠이 들었나 싶어 나무 위에서 아래를 내려다보았다.

셋은 하늘의 별을 바라보고 있었다.

．　·　●

사원 뒷마당 향탑에서 뒷길 절벽으로 올라가는 길로 들어서면 흙이 듬성듬성 쌓여 있는 것이 보인다. 궁금해서 가보니 구덩이였다. 아래를 내려다보니 구덩이 안에서 라마승이 흙을 파고 있었다. 땀에 젖은 그의 등이 옷에 붙어 있는 것을 보면서 나는 그에게 말을 걸었다.

그 안에서 뭐하세요?

땅을 파고 있소!

그는 무언가를 밖으로 휙 던지며 계속 땅을 팠다. 땅은 점점 깊어지고 있었다. 그는 추운 겨울인데도 땀을 흘리고 있었고 옷은 충분히 젖어 몸에 달라붙어 있었다. 그가 허리를 펴며 말했다.

거, 가던 길 가시오.
알았어요.

나는 그가 좀 전에 밖으로 던진 것을 주워들었다. 가만히 보니, '뼈'였다. 밤에 보는 사원의 지붕은 예쁘다. 지붕을 덮은 황금색은 달빛을 받아 황홀하게 빛난다. 그 위로 한 마리의 새가 빙글거릴 때, 나는 그동안 모아둔 빗물로 오랜만에 머리를 감았다. 기분이 좋아져서 할아버지의 방으로 건너갔다. 걸어가는데 한낮에만 땅을 파고 있을 줄 알았던 그 구덩이에서 또 소리가 나고 있었다. 흙은 낮보다 더 높이 언덕처럼 쌓여 있었고 구덩이 안에서는 다른 라마승이 곡괭이질을 하고 있었다. 낮과는 다른 소리가 들렸다.

소리가 낮하고는 좀 다른데요?
바위를 만났어요.
그렇군요. 힘을 내셔야 하겠네요.
이런 것쯤은 별일 아닙니다.
나는 그 안을 들여다보며 물었다.
밤에도 구덩이를 파나요?
땅파기는 밤과 낮의 구별이 없죠.

． ． ．

　도대체 어디에 있는 것인지, 이곳에서 몇 달이 지났으나 어느 곳에서도 저안이를 볼 수는 없었다. 나는 아침에 눈을 뜨면 긴급한 임무를 수여받은 잠입자처럼 자연스럽고도 비밀스럽게 여기저기를 기웃거렸다. 어떤 날은 불경하게도 열쇠로 굳게 잠긴 법당이나 누군가의 수행 방을 무단침범한 적도 있다. 하지만 어디에도 저안이의 흔적은 보이지 않았다. 이 사원에 없는 것일까? 다른 곳으로 떠난 것일까?

　어둠이 오자, 나는 무료하고 답답해서 해부사의 방으로 갔다. 그는 낮과는 다른 얼굴로 잠들어 있었다. 피곤하고 지친 모습으로 허리를 벽에 기대어 눈을 감고 있었다. 그는 잠시 눈을 뜨더니 말했다.

　　시신이 많은 날은 허리가 아파 잠시 벽에 붙어 이렇게 해야 합니다. 내가 잠들지 모르니, 기다리지 말고 그냥 가도 좋아요.

　나는 고개를 끄덕이고 그의 맞은편에 같은 자세로 앉았다. 허리와 어깨를 벽에 대고 가만히 그를 쳐다보았다. 그가 기댄 벽 위로는 몇 권의 책들이 보였다. 나는 방을 둘러보다 천장에 2354라고 씌어 있는 숫자를 보았다. 저 숫자는 뭘까. 그는 끙, 흐, 하, 아닙니다, 하는 혼잣말을 작게 했는데, 아마 꿈을 꾸는 모양이었다.

『사부의학』이라고 씌어진 책이 방바닥에 비스듬히 놓여 있고 그 옆으로 밥그릇이 보였다. 그릇 안에는 먹다 남은 무엇이 말라붙어 있다.

할머니는 누구세요?
제가 왜 따라가야 하죠?

그는 제법 큰 목소리로 하지만 불쾌하다는 듯 누군가에게 이야기하고 있었는데 역시 꿈속에서 누군가를 본 듯했다. 나는 그가 깨어날 때까지 기다리기로 마음먹고 맞은편 벽에 기대어 그가 기댄 벽을 계속 쳐다보았다.

작은 책상 위에 티베트어 경전이 펼쳐져 있고 그 옆에는 타조 눈알만 한 염주가 놓여 있다. 나는 조용히 무릎으로 기어가 펼쳐진 경전을 들여다보았다. 티베트어. 산스크리트어가 기원인 자음 30자, 모음 4자. 위아래, 좌우로 자음과 모음이 만나 하나의 글자가 이루어진다. 저 글자들을 풀어 일렬로 죽 늘어놓으면, 저 한권의 경전은 길이가 얼마나 될까. 촛불을 켜야 하나? 할 정도로 방안은 이미 어둠이 장악하기 시작했는데 그는 여전히 벽에 기대어 깨어나지 못하고 있었다.

저건, 겔 아닌가요? 할머니.
전, 이대로 돌아가고 싶어요.

그 안에 들어가고 싶지 않아요.

그는 꿈속에서 어떤 할머니를 만나고 있는 모양이었다. 사정하는 목소리였다. 벽에 걸린 활불의 초상이 눈에 들어온다. 사진 속의 그는 쓸쓸하고 고독한 눈빛을 보내고 있다. 세상의 모든 왕, 권력자, 절대자, 깨달음의 경지에 오른 존재들은 거의 모두 저런 고독의 눈동자를 가지고 있다.

그는 좀처럼 깨어날 기미가 보이지 않는다. 이대로 내일 아침까지 자는 것인가? 흔들어 깨울까 하다가 베개를 찾아보았다. 아무래도 허리 뒤쪽에 받쳐주어야 할 것 같았다. 무언가를 등에 받쳐주고 오늘은 그냥 돌아가야겠다.

할아버지, 제가 귀에 대고 이제 몇 마디 할 거예요.

그가 또 중얼거린다. 이번에는 꿈속에서 할아버지를 만났나 보다. 나는 그가 꿈속에서 만나는 사람들이 궁금했지만 그의 꿈속으로 들어갈 수가 없어 아쉬웠다. 방은 조용했고 기분 좋은 고요가 그물처럼 촘촘히 모여들었다. 그가 마침내 어딘가에 도착했다는 듯이 팔과 다리를 좀 더 늘어뜨리고 편안한 미소를 짓는다.

다음날 아침이 되자, 나는 다시 해부사를 찾아갔다. 그는 죽을 끓이고 있었다.

어제는 피곤했나 봐요. 꿈을 막 꾸시더라고요.
종종 그래요. 같이 먹을래요.
네.
여기에 양배추나 버섯이 들어가면 더 맛있겠죠?
그럴 것 같아요.

햇볕이 좋으니 우리 마당으로 나가요. 내가 허리를 굽히며 마른 기침을 하자 그가 묻는다.

기침을 자주 해요?
네. 요맘때쯤 어김없이 해요.
낭송을 해보세요.
네에?
시(詩)나 경전을 읽으세요.
시요?

그는 자신도 시신을 해부하고 마음을 정화하는 데 좋은 방법 중 하나는 시를 짓고 읽는 것이라고 했다. 그건 의외였다.

당신은 해부사인데, 시인이기도 한 거예요?

냄새와 그 냄새에 관한 기묘한 이야기

뭐. 그런 건 아닙니다.

매일 아침 눈을 뜨고 자기 전에 경전을 읽으세요. 그리고 노래를
부르세요. 물구나무서기도 좋아요.

알겠습니다.

차를 자주 마시고 춤도 추고요.

춤까지요?

그것도 기침에 대한 처방인가요?

그럼요. 그렇게 하세요. 폐에 좋아요.

말을 적게 하고요.

헤어질 때 그는 흘리듯 말했다.

켄보 할아버지 방에 가게 되면 그 뒤쪽에 나 있는 샛길로 쭉 올라
가 보세요. 길이 끝나는 지점에 작은 동굴이 나올 겁니다.

거긴 왜요?

들어가 보세요. 거기에 가면 어린아이가 있을 겁니다.

아이 혼자요?

어떤 할아버지와 함께요.

·　·　·

사원에 살면서 나는 이상한 습관이 생겼는데 그건 방을 나와 걷
기 전 반드시 돌을 찾아내 주머니에 넣는 것이었다. 주머니 속에서

뽀족하니 나온 돌을 느끼며 걸어 다니면 그 느낌만으로도 위안이 되었다. 그건 아마도 사원 주변에서 침을 흘리며 어슬렁거리는 개를 보고 난 후부터였을 것이다. 그 개는 입에서 허연 침이 질질 흘러나와 입 주위에 마치 맥주거품처럼 묻어 있었는데 나는 그 주둥이를 볼 때마다 불길한 느낌이 들었다. 주머니에서 돌을 꺼내 그 개에게 던진 적은 없었지만 그래도 주머니에서 불룩 튀어나온 그 돌 때문에 그 개가 나를 어쩌지 못하는 것이라고 생각되었다.

밤이 되자 나는 몽유병 환자처럼 방을 왔다갔다했다. 그러다가 주머니에 손을 넣어 돌을 확인하고 낮에 해부사가 알려주었던 그 동굴을 찾아나섰다.

· · ·

해부사의 말대로, 샛길 끝에는 작은 동굴이 있었다. 입구로 보이는 곳은 천으로 가려져 있었다. 나무로 두 기둥을 세우고 사슴과 야크가 마주 보고 있는 문양이 새겨진 보라색 천이었다. 나는 안으로 얼굴을 밀어 넣고 두리번거렸다

작은 아이가 서 있다. 아이는 벽에 비친 자신의 그림자를 보며 혼잣말을 하고 있다. 벽에는 또 하나의 그림자가 어른거린다. 등이 굽은 할아버지다. 할아버지는 좌선을 하듯 앉아서 아이의 소리를 듣고 있다. 아이는 노래를 부르듯 입을 크게 벌리고 한 손을 허공

에서 저으며 무언가를 외우고 있다. 소리를 내면서 울기도 하고 웃기도 한다. 손에는 부채 같은 것이 들려져 있고 새의 깃털이 박힌 노랑 모자도 쓰고 있다. 푸른 장화를 신었고 입은 옷은 다양한 색으로 알록달록하다.

좌락. 아이가 손에 쥔 부채를 허공에서 펼친다. 그리고 무언가를 기억하듯 입에서 소리를 토해낸다. 잠자코 듣고만 있던 할아버지가 손을 들어 아이의 동작을 저지한다.

거기. 잠깐만.
그 부분은 그렇게 하면 안 돼. 리듬을 타야지.
올라갔다 내려가야지. 그네처럼.
그리고 내용도 틀렸어. 그 단락의 이야기는 왕이 용을 타고 내려오는 장면이잖아. 왕이 용의 뿔을 잡고 지상으로 하강하는 장면. 자, 다시.

아이는 받아쓰기가 틀려 수정을 요청받는 얼굴로 가만히 듣고 있다가 그 부분을 다시 반복한다. 뭐지? 노래 같기도 하고, 시 낭송 같기도 하고, 그런데 저 모자며 신발이며 부채며 저것들은 다 뭘까? 특별한 공연을 준비하는 것인가? 나는 그 광경을 보고 선뜻 다가가지 못했다. 엎드려 귀를 바닥에 대고 아이가 내는 소리만을 들었다.

그 사이 잠을 잔 것인가? 햇볕이 입구에 들이닥치기 시작할 때, 나는 눈이 떠졌는데 그 아이는 여전히 서서 부채를 폈다 접었다 하며 무언가를 외우고 있었다. 아이의 몸은 어제와 달라 보였다. 갈비뼈가 보일 정도로 왜소했고 부채를 쥔 손과 팔은 새의 다리 같았다. 아이 앞에 앉아 있는 할아버지 또한 비쩍 마른 몸매와 심하게 튀어나온 광대뼈를 가지고 있었다. 할아버지의 몸은 어떤 물고기를 연상시켰다. 이미 아침이 됐는데도 할아버지는 그 아이가 어느 단락이 틀렸는지, 무서운 얼굴을 하고 소리가 크게 들릴 정도로 바닥을 탕탕 치며 아니, 거기, 틀렸어, 다시, 정신 차리지 못해, 하고 있었다.

•   ·   •

가봤나요? 아침마다 물을 보온병에 담아오는 라마승 노양깔무가 묻는다. 그의 얼굴은 노안이었으나 알고 보면 나이가 어렸다. 아버지가 야크 두 마리 판돈을 가지고 일곱 살에 이 사원에 데려왔다고 했다. 외로움과 심심함이 섞인 얼굴, 하지만 설탕처럼 빛나는 설산의 냄새로 그는 매일 아침 나에게 온다.

> 노양깔무: 봤어요?
> 나: 아니오. 아직.
> 노양깔무: 그곳에는 새가 살아요.
> 나: 알아요. 나도. 가보고 싶어요.

그가 몸을 돌려 가려 할 때, 나는 사진 한 장을 내밀며 물었다.

나: 혹시 이런 사람 본 적 있어요?
노양깔무: 아니요.
나: 친구예요. 혹시 이곳에 있나 해서요?
노양깔무: 못 봤어요. 한 번도.

• • •

절망에 중독되어가는 저녁, 나는 해부사의 방으로 갔다. 그는 입을 조금 벌린 채 잠을 자는 듯했다. 조용히 다가가서 그를 내려다보았다. 얼굴은 쭈그러든 홍시를 떠올리게 했다. 맨살의 어깨와 드러난 발목은 벌겋고 밖에서 보는 것보다 더 깡말라 보였다. 그의 얼굴은 부처님 말씀대로 살아온 후덕하고 평온한 표정은 아니었다. 다만 눈동자를 중심으로 그는 타인의 시선을 초월하는 얼굴을 하고 있었다. 민낯으로만 판단하면 그의 얼굴은 태양에 잘 달구어진 감자와 같은 모양을 하고 있었다. 정말이다.

구름이 내 얼굴로 몰려드는 꿈을 꾸었습니다. 그는 힘겹게 일어나며 빠르게 중얼거렸다. 나는 그의 말을 잘 알아듣지 못했다. 목소리가 좋은 사람은 사람도 좋을 가능성이 높다는데 그의 목소리는 한번 들으면 잊어버리기 쉽지 않은 음색이었다. 무거운 돌이 느리게 호수에 가라앉는 소리가 난다. 사람을 훈계하거나 벌주는 일에

적합한 목소리가 아니다. 사람은 미세한 차이로도 그 소리를 낸 대상을 알아차리는 능력이 있다. 사실 알아차린다는 것보다는 그 소리의 특징이 기억과 만나서 몸이 반응하는 것이다.

방금 뭐라 했지요? 내가 묻자 그는 답답해하거나 귀찮아하지 않고 방금 자신이 꿈속에서 본 것을 그림을 그려 설명해주겠다고 했다. 그러더니 마치 어린아이가 나무 위에 앉아서 노래를 부르는 공작새를 스케치하는 것처럼 그는 밝고 명랑한 기운이 느껴지는 그림으로 자신의 꿈을 표현해주었다. 그의 그림은 말보다 더 명확하고 선명했다. 상상하고 생각하게 만들었다. 그림은 쏟아내는 말처럼 금방 지나가지 않았다.

해부사: 당신은 방금 한 말을 그대로 반복해본 적이 있나요?

나: 아니오.

해부사: 해봐요, 똑같은가. 같지 않습니다. 같은 말인데도 하면 할수록 붙이고 빼고 그 본질에서 점점 멀어집니다. 자꾸 진흙처럼 가져다 붙이게 됩니다. 말은 본질을 쪼개는 힘을 가지고 있습니다. 나누고 분석하고 해부하고 해석하고 설명하고 그럴수록 원래 의미에서 멀어지죠. 그게 인간이 하는 언어입니다.

왼쪽. 어린아이

오른쪽. 할아버지

그의 손은 두 사람의 얼굴을 그렸는데 왼쪽에는 어린아이를 오른쪽에는 수염과 머리카락이 수북한 할아버지였다. 나는 뺨을 긁고 고개를 갸우뚱하며 들여다보았지만 이해가 되지 않았다. 내가 좋아하는 푸르스름한 새벽이 올 때까지 나는 그가 그린 두 사람의 관계를 이해하지 못했다.

아침이 오자 그는 손가락으로 동그라미를 그리며 방을 나갔다. 그때 작은 새가 방 창문에 날아와 앉았고 나는 그제야 밤을 지새웠음을 실감했다. 우리는 밤새도록 말보다는 그림과 눈빛을 교감하며 우리만의 세계 속으로 들어갔다. 고요하고 평화로운 마음이 들었다. 밖으로 나가자 그는 마당에 쭈그리고 앉아 붉은 흙을 만지며 코에 대고 있었다.

우리는 자연과도 이 흙과도 저 날아가는 새와도 이야기할 수 있는 존재입니다. 원래 그랬어요. 우리가 바라보는 저들의 세계와 저들이 바라보는 우리의 세계는 다르지 않아요. 태초에 신, 인간, 자연, 동물 이 모든 존재들은 하나의 세상에서 같이 살았고 연결돼 있었죠. 말이 필요 없는 감정과 눈빛의 교감으로만 말이죠.

그는 나를 보지 않고 허공을 향해 말했다.

• • •

바람이 자기 멋대로 설산과 밀회를 즐기는 2월로 접어들었고,

나는 점점 하늘사원의 일부가 되고 있었다. 해부사가 상기된 얼굴로 나의 방을 찾아왔다.

오늘은 시신이 한 구밖에 없었어요.

한 구요?

이런 날은 오랜만입니다.

그래요?

보통 세 구씩 올라오죠.

나는 그를 물끄러미 바라보았다. 이 사람은 제정신일까. 어떻게 매일 시신을 토막내어 독수리의 밥으로 준단 말이지. 말보다 그림을 좋아하는 사람. 그가 오늘은 또 어떤 그림을 그려줄까. 기대하는 얼굴로 쳐다보았지만 그는 정작 그림은 그리지 않고 내 두 손을 앞으로 뻗어 손바닥을 펼치라고 했다. 내가 못 알아듣는 척 눈을 동그랗게 뜨자,

이렇게 해봐요? 그가 자신의 두 팔을 내 가슴 쪽으로 내밀고 손바닥을 쫙 편다. 이건 남자 둘이 하기에는 좀 쑥스러운 거 아닌가 하는 생각이 들었지만 그의 진지한 표정을 보고 하지 않을 수가 없어 손바닥을 펼쳐 그의 가슴 쪽으로 내밀었다.

나와 손을 마주 대면 당신의 지나간 시간을 알 수 있어요. 한번 해볼까요? 그가 그렇게 말하자 나는 손을 선뜻 내밀지 못했다. 그게

냄새와 그 냄새에 관한 기묘한 이야기

농담인지 거짓말인지 유머인지 재미인지 분간하기는 어려웠지만 나는 그가 권유하는 대로 하지 못했다. 무엇이 마음에 걸렸을까. 그가 손바닥을 펴고 내 가슴 쪽으로 내밀며 묻는다.

당신은 여기 왜 온 건가요?
어쩌다가요.
거짓이지요? 그 말.
아닙니다. 아니에요.
말해봐요. 무얼 찾기 위해 온 건가요?

그가 내 심장에 자신의 손바닥을 댄다. 나는 아무 말도 하지 못했다. 친구를 찾아왔다고 시신을 먹는다는 독수리도 좀 봤으면 좋겠다고 말하지 못했다. 새벽 신문을 돌리다가 배가 고파 우유병을 훔친, 너무 허기져 그 자리에서 황급히 마시다가 출근하는 집 주인에게 들킨 소년처럼 나는 아무 말도 하지 못하고 고개를 떨구었다.

·   ·   ·

그날도 두더지가 땅을 파듯, 라마승이 사원 뒷마당에서 흙을 파고 있었다. 구덩이는 지난번보다 늘어나 있었다. 나는 다가가 뚫린 땅속을 들여다보았다.

오늘도 파고 계시네요?

그렇소.

땅 속에서 무얼 찾는 건 아닌가요?

찾고 있소.

황금인가요?

기억을 찾고 있소.

기억이요?

혹시, 당신은 죽고 나면 묻힐 자신의 땅을 파고 있는 건가요?

기억을 파고 있다고 했잖소.

그러니까, 무슨 기억이요?

스승들의 흔적을 찾는 거요.

어떻게요?

기억은 대상의 원형을 환기시키는 힘을 가지고 있소. 이곳에서 경전은 우리 몸의 기억 그러니까 경전을 찾는 것은 스승의 영혼을 찾는 거요. (그가 삽질을 멈추고 눈썹 위의 땀을 문지르며 말했다.)

아하, 그러니까 숨겨놓은 경전을 찾는 거군요.

나는 알았다는 듯이 대꾸했지만, 사실은 무슨 의미인지 알아듣지 못했다. 나는 좀 더 밑으로 들어간 그를 향해 고개를 숙이며 물었다.

구덩이와 경전 그리고 스승이 무슨 관계인가요?

오래전 스승님들이 중요한 경전을 숨겨놨소. 산속, 굴속, 땅속, 돌 밑에 깊이 감춰놨지. 그걸 찾는 거요. 하지만 못 찾아도 좋소.

냄새와 그 냄새에 관한 기묘한 이야기

좋다니요?

나는 구덩이 쪽으로 얼굴을 들이밀며 물었다.

그냥 이대로 땅을 파고 들어가다가 여기서 묻혀 죽어도 괜찮다
는 말이오.

나는 순간 불길한 생각이 들어, 그가 파헤친 구덩이를 가만히 들
여다보았다. 사람이 들어가 가슴에 두 손을 얹고 밤하늘을 바라보
며 잠을 요청하기에 알맞은 크기로 보였다.

●　●　●

염소의 등처럼 윤기 나는 밤. 언제부터인지 눈은 내리고 있다.
아름다운 것은 저런 건가. 대비적인 것, 위와 아래의 만남, 뚫린 것
과 뚫는 것, 검은 것과 흰 것, 그래서 원을 만드는것, 극과 극의 만남
은 슬프거나 경이롭다.

오후.
하늘에서 솜사탕이 떨어지기 시작했다.
별 모양, 달 모양, 해 모양
내 방은 그 속으로 들어간다.

저녁.

솜사탕은 하늘에서 내려오기를 쉬지 않는다.

수북이 쌓인 마당의 솜 위에 허기진 나의 이마를 댄다.

허파가 좋아한다.

밤.

솜사탕은 검은 허공을 두려워하지 않는다.

밤에도 내려온다.

마당으로 나가 무언가를 적어본다.

새벽.

솜사탕의 천국이다.

맨발로 솜 인형을 만든다.

광대뼈가 뺨을 뚫고 나온다.

하루가 간다.

하루가 줄었다.

냄새와 그 냄새에 관한 기묘한 이야기

우
리
들
의

시
간

그해 가을이 오자 저안이는 한동안 머리를 깎지 않고 길게 길렀다. 꽃무늬 분홍 원피스를 입히고 싶을 정도로 머리를 길게 기른 어느 날, 그가 도서관 계단에 쭈그리고 앉아 머리를 흔들자 머리카락이 얼굴을 가리며 앞으로 쏟아졌다.

괜찮니?
머리가 좀 아파.
너 말이야. 머리가 너무 길고 안 감아서 그런 거 아닐까. 왜 머리를 길러?
밀 거야. 그리고 다시는 기르지 않을 거야.
머리를 민다고?

나는 그의 늘어진 머리카락을 보며 다음 말을 기다렸다. 주머니에서 오이를 꺼낸 그는 한 입 베어 오물거리더니 맛이 없는지 지나가는 개를 향해 던졌다. 개는 다소 놀라는 시늉을 하며 앞다리를 들어 올렸지만 금방 꼬리를 치며 오이를 물고 달아났다.

. . .

그날 저녁 나는 타이베이에서 제일 맛있다는 김치찌개 식당으로 저안이를 데려갔다. (붉은)찌개 맛을 본 저안이는 한 달에 한 번은 여기 오자며 자기가 밥값을 내겠다고 했다. 찌개를 휘저을 때 나는 그의 손을 보았다. 손등은 힘줄이 나올 정도로 투박하지 않았지만 손가락은 뭉툭했다. 이상한 건 오른쪽 새끼손가락의 손톱만 매우 길었다. 나는 그의 새끼손가락을 젓가락으로 가리키며 물었다.

그건 왜 남겨두는 거야?
응. 이건. 혹시 필요할지 몰라서. 나만 그런 게 아니고 대만 사람들은 다 그래.

나는 그가 신은 샌들 사이로 맨발도 봤다. 그의 발은 작은데 발가락은 저마다 컸다. 엄지발가락은 마치 거인의 손가락처럼 지면을 누르고 있었고 나머지 발가락들은 저마다의 역할을 충분히 하고 있다는 듯 당당했다. 물수건이 있다면 닦아주고 싶을 정도로 발등은 더러웠다. 저안이는 개의치 않는 듯했다. 그의 발등은 기이하게 그것도 오른쪽만 솟아 있었는데 뼈가 다친 것이 아닌지 의심스러웠다. 발뒤꿈치는 예상대로 단단하게 뭉쳐 있었고 면도칼을 디밀어도 베이지 않을 것 같은 단단한 각질이 자리를 잡고 있었다.

식당에서 나와 나는 저안이 뒤에 조금 떨어져 걸었다. 두 발로 걷는 인간들은 저마다의 걷는 모습이 있다. 지나치게 똑바로 걷는 사람, 왔다갔다 걷는 사람, 갈지자로 휘청거리는 사람, 눈에 들어오게 팔자로 걷는 사람, 느릿하게 걷는 사람, 초조하게 걷는 사람, 죽을 먹는 속도로 걷는 사람, 발정한 타조처럼 흥분하며 걷는 사람, 세상에 같은 모양과 같은 자세로 걷는 사람은 없다. 자신의 걷는 속도와 형태를 주의하며 걷는 사람 또한 없다.

저안이는 차도가 아닌 인도로 비교적 똑바로 작은 걸음으로 주위의 상점이나 노점상을 쳐다보지 않고 그대로 걸었다.

· · ·

늦가을이 되자 저안이는 갑자기 삶에 대한 탐욕이 생긴 사람처럼 운동을 열심히 했다. 그의 언행과 기행으로 유추해보면 운동이라고 해봐야 기껏해야 줄넘기, 학교 걷기, 명상 정도가 될 터이고 거기서 좀 더 힘을 쓴다 해도 기숙사 지하 세탁실 옆에 있는 탁구 정도가 되지 않을까 생각했지만 그런 나의 생각을 편견이라고 할 만큼 그 가을 저안이가 선택한 운동은 파격이었다.

일요일 오후, 저안이가 나를 부른 곳으로 다정하지만 좀 추워 보이는 구름, 앙상해진 나무, 회색의 조화롭지 않은 건물들을 바라보며 나는 236버스를 타고 갔다. 저안이가 약도를 그려준 그곳은 곧 무너지기로 작정한 상가건물의 지하실이었다. 문 입구에는 줄넘기 문양이 엉성하게 그려져 있었다. 줄넘기 동호회인가? 나는 부서진 문고리를 비틀며 들어갔다. 문 안쪽에서 나오는 희미한 형광등 빛과 끈적끈적한 땀 냄새에 나는 손을 코로 가져가면서 안을 빠르게 둘러보았는데, 잠시 후 나는 아연실색하며 웃음을 터뜨리지 않을 수 없었다.

그곳은 사각의 링이 있고 허공에서 덜렁거리는 샌드백이 걸려 있는 권투장이었다. 여기야. 저안이가 나를 보고 손짓을 한다. 그는 줄넘기를 하고 있었다. 영화 〈록키〉의 실베스터 스탤론처럼 이단점프하며 발을 쎅쎅 할 줄 알았는데 그냥 줄을 넘고 있는 수준이다. 저 사람이 코치인가? 영화를 보면 거의 나오는 장면, 그러니까 햄버거를 입에 물고 배가 불룩한 경찰처럼 생긴 사람이 저안이 앞으로 다가가더니 몇 마디 한다. 몸이 풀렸는지 저안이는 둥그런 글러브를 끼고 바닥에 흰색 테이프가 일자로 붙어 있는 곳에 선다. 왼쪽다리는 앞쪽으로 오른다리는 약간 뒤쪽으로 빼더니 그럴싸한 포즈를 잡는다. 그 자세를 보고 나는 소리 내어 웃을 뻔했다. 코치가 다시 오더니 몸과 자세를 수정해주고 앞에 서서 원 투 소리를 낸다. 저안이가 손을 뻗어 흉내를 낸다. 우스꽝스럽기 이루 말할 수 없다.

푸훗. 나는 웃고 말았다. 저안이가 자리를 옮겨 샌드백 앞에 선다. 코치가 맞은편에서 샌드백을 껴안는다. 쳐보라는 시늉을 한다. 슉, 슉, 나는 웃겨서 손으로 얼굴을 가렸다. 그러다가 허리를 숙이고 소리 내 웃다가 참아보았다. 저안이는 샌드백을 최대한 세게 두들겼지만 그의 얼굴과 목에서는 땀이 전혀 흐르지 않았다. 저런 권투는 처음 본다. 대만에서 그것도 수도인 타이베이에서 권투장을 찾기란 무에타이 도장을 찾는 것보다 더 어려운 일일 터인데 이곳에 체육관이 있다는 것을 어떻게 알았을까. 저안이의 몸을 체급으로 치자면 플라이급(50킬로그램정도)에 속하는데. 체육관의 관장이 된 듯 나는 팔짱을 끼고 그의 몸을 훑었다. 나는 금방 시무룩해졌다. 저안이는 권투선수로는 그다지 좋은 체격 조건을 갖고 있지 못했기 때문이다. 침팬지처럼 팔이 길지 않았고 다리 또한 허옇고 근육이 없었으며 얼굴은 상대방에게 맞기 좋게 넓고 컸다. 이건 저안이의 머리통과도 연관이 있는 것 같다. 저안이는 헤드기어를 쓰고 있었는데 너무 꽉 끼어 얼굴이 일그러져 보일 정도였다. 더욱이 권투는 복부의 힘인데 저안이의 배와 옆구리는 상대방이 치고 싶을 정도로 귀엽게 출렁거리고 있었다.

치는 것보다 다리의 리듬이 중요해. 요리조리 피하는 요령을 익혀야 해. 코치가 말하며 나를 흘긋 본다. 저안이는 코치가 포옹하듯 안고 있는 샌드백을 향해 주먹을 날렸지만, 샌드백을 안은 코치는 아무런 느낌을 받지 않는 얼굴이었고 저안이의 여린 주먹들은 샌드백을 친다는 느낌보다는 살짝 건드린다는 기분이 들 정도였다. 사각의 링에서는 선수가 한 명도 보이지 않았고 주위를 세심히 둘러보니, 이 체육관은 나와 저안이를 빼면 저 코치 한 명만이 숨을 쉬고 있었다. 춥, 춥, 저안이는 입에서 강한 소리를 내고 침을 흘리고 하얀 거품을 머금고 있었는데 마치 그것은 그가 상대 선수에게 강한 훅 한방을 맞고 쓰러져 누구보다도 아름답게 사지를 뻗고 버둥거리며 호소력 있게 쏟아내는 거품처럼 보였다. 안쓰럽게 보이는 저안이를 향해 나는 엄지손가락을 올려주었다. 물, 줄까 하는 손시늉도 해보았으나 저안이는 아직 버틸 만한지 나를 외면하고 자신의 손동작에 집중했다. 저건 집착일까? 희망일까?

· · ·

    며칠 뒤, 저안이가 자신의 할아버지 이야기를 나에게 고백한 것은 뜻밖이었다. 저안이는 한 번도 할아버지를 의도적으로 껴안아 본 적이 없다고 했다. 할아버지는 그냥 아버지의 아버지 정도로 이해했다고 했다. 그런 그가 그 옛날 2층집에 살던 시절, 그날은 새해의 첫날로 기억하는데 그 날은 무슨 생각이 들었는지 자신도 모르게 할아버지 방으로 갔다고 했다. 이제 병이 들고 노쇠해 누구의 도움 없이는 전혀 움직이지 못하는 할아버지를 조금은 기쁘게 해드리고 싶은 마음이 들었다고 했다. 그래서 할아버지가 제일 좋아하는 고구마 케이크를 들고 할아버지 방이 있는 2층으로 올라갔다는 것이다.

    그날 오후, 나는 케이크를 들고 2층으로 올라갔어. 할아버지는 감색 모포를 무릎에 두른 채, 휠체어에 앉아 자라처럼 목을 잔뜩 움츠린 상태로 2층에서 창밖을 내려다보고 있었지. 마당의 빨래 장대를 힘없이 바라보고 계시는 할아버지의 측은한 뒷모습을 보자, 나는 전혀 없었던 어떤 감정이 갑자기 솟구쳤어. 그게 어떤 감정이었는지는 정확히 모르겠어. 아무튼 그때 나는 문득 한 번도 해보지 않았던 할아버지의 등을 손가락으로 쿡 찔러보고 싶은 마음이 들었지. 그럼 할아버지가 뒤를 돌아보며 음, 우리 손자, 저안이로구나, 하며 미소를 보내지 않을까 하는 생각이 들었어. 나는 기분 좋은 상상을 하며 손가락으로 아주 약하게 할아버지의 등뼈를 살짝 찔렀지. 그런데 할아버지는 마치 총을 맞은 사람처럼 꿈쩍도 하지 않으셨어.

　이건 그냥 손가락이야, 할아버지. 나는 할아버지의 등에 대고 말을 했어. 그리고 좀 이상한 느낌이 들어 할아버지의 등을 쓰다듬었지만 할아버지는 움직이지 않았어. 그 순간 나는 무서웠어. 불길한 생각이 들어 바로 1층으로 내려가면서 엄마, 할아버지가 죽은 것 같아, 빨리 구급차를 불러야 해, 말하고 싶었으나 그보다 먼저 할아버지의 앞모습을 보고 판단해도 늦지 않겠다는 생각이 들어 휠체어를 조심스럽게 내 쪽으로 돌렸지. 할아버지는 두 손을 깍지 낀 채로, 입을 약간 벌리고, 눈을 조금 치켜뜬 채로 나를 쳐다보았어.

　할아버지. 나는 작지만 긴박한 목소리로 불렀어. 할아버지는 대답하지 않았지. 그때 아버지와 엄마가 올라와 할아버지의 얼굴을 보고 응급전화를 했어. 응급차가 왔고 나는 들고 갔던 케이크를 할아버지의 방에 두고 나왔지. 그걸로 할아버지와의 기억은 끝이야. 그 후로 나는 등을 보이는 어떤 사람이나 동물을 오래 쳐다보지 않아. 등은 왠지 쓸쓸해 보이고 작별을 예고하는 어떤 신호처럼 느껴져서 말이야.

·　·　·

　비가 추적거리는 토요일 오후, 라면을 끓이고 있는 내 옆에서 저 안이는 아버지의 컴퓨터 사업이 망했다고 마치 옆집 개가 벽에다

　　냄새와 그 냄새에 관한 기묘한 이야기

오줌 누듯이 말했다. 정말 아무런 감정의 동요도 드러내지 않고 사정이 그렇게 됐다고 말했다. 사기를 당했다느니 동료업자의 배신이라느니 유통의 문제라느니 공장에 불이 났다느니 하는 그런 이유를 달지 않고 망했어, 라고 덤덤히 말했다. 그래서 은행에 집이 넘어갔고, 그 넓고 전망 좋은 2층집은 이제 방학이 되도 놀러갈 수 없다고 창백한 자신의 기숙사 형광등 불빛처럼 말했다.

그로부터 일주일 후, 타이베이 외곽에 새로 이사 간 그의 집에 나는 초대되었다. 그때 나는 뭔가 기대하는 마음으로 그러니까 부자가 망해도 삼대는 간다는 말을 생각하며 '삼백초'라는 식물을 사서 찾아갔다. 그냥 보면 잡초같이 보이지만 이파리가 하얗게 은빛을 보내고 있어서 마음이 끌리는 식물이었다. 그가 안내한 문 입구에서 나는 멈칫했다. 순간 부동자세로 서 있을 정도로. 저안이 부모가 이사 간 집은 보잘것없고 부실했다. 방 하나, 부엌도 하나, 그리고 거실도 하나였는데 거실은 사무실로도 쓰고 있었다. 잡다한 컴퓨터 부품들이 여기저기 놓여 있었다. 유리문을 통해서 밖의 사람들이 분주히 걸어 다니는 모습이 보이거나 아니면 그들이 이 안쪽을 들여다볼 수 있었고 비가 오면 들이칠 정도의 문턱을 유지하고 있었다. 가정집이 아닌데 용도변경을 한 것 같은 그런 집이었다.

자고 갈 거지? 그날, 자신의 새로운 집으로 나를 안내한 저안이는 아무렇지도 않은듯 그렇게 말했다.

자? 어디서 자? 나는 물어보고 싶었지만 그의 당연하다는 듯한 표정 때문에 그러지 못했다. 식구들과 한 방에서 다 같이 누워 두런두런 이런저런 이야기를 하며 한 이불을 덮고 자자는 것인가? 아무리 둘러보아도 내가 잘 만한 공간은 없어 보였다.

　여기 소파에서 자. 저안이는 자기가 앉아 있는 자리를 일어서며 턱으로 소파를 가리켰다. 나는 아니라고, 이제 그만 기숙사로 가야 할 시간이라고 말하지 못하고, 비행기에서 가져왔을 것 같은 충분히 그런 냄새가 나는 익숙한 로고가 박힌 담요를 한 장 받아들고 마치 특별한 수감소에 배치된 죄수처럼 조용히 소파에 자리를 잡았다.

　허름한 소파에 나의 몸을 맞추려는데 쥐라는 놈이 나타났다. 쥐가 있다는 건 놈이 음식물 찌꺼기를 찾아다닌다는 뜻 아닌가. 나는 뱀과 쥐를 제일 싫어한다. 그들의 꼬리만 생각해도 으, 하며 몸이 오그라든다. 청결에는 관심이 없고 번식에는 부지런한, 색깔이 거의 모두 비슷한, 크든 작든 오물에 자신의 꼬리를 사정없이 흔들어대는, 자신들의 분신을 매일 만들어내는, 시장바닥의 사람 수보다 많은, 그놈이 바로 쥐가 아닌가. 쥐를 생각하자 바닥에 끌고 가는 꼬리가 생각났고 신경이 곤두서기 시작했다. 소파에 올라와 내 배를 쓸고 지나가면 어쩌나. 담요 밖으로 눈을 내밀어보니 저안이는 반대편 소파에서 잘도 잔다. 쥐는 이제 자신의 활동시간이 되었다는 듯 이리저리 꼬리를 바닥에 쓸며 활기차게 돌아다니기 시작했다.

　나는 눈을 멀뚱히 뜨고 천장을 바라보았다. 쥐들이 저 허술한 천장에서 쏟아질 것 같았다. 담요를 머리끝까지 끌어올린 뒤, 나도 모르게 야옹, 했다. 금방 조용해졌다. 먹혔나 보다. 나는 좀 더 배가 고프고 화가 났다는 고양이의 소리를 생각하다가 어흥, 하는 소리를 냈다. 더 돌아다니면 너희를 싹 다 잡아먹을 거야. 알아들었으면 얼른 너희 집으로 들어가 잠을 자도록 해. 지금은 밤이란 말이야, 하는 의미였다. 그러면서도 나는 마음이 심란했는지 오줌이 마려웠다. 반쯤 일어나 화장실을 찾았으나 이 집에는 화장실이 없었다. 이러지도 저러지도 못하고 눈만 뻐끔거렸다.

잠시 뒤, 사라졌던 쥐의 소리가 다시 나기 시작했다. 이번에는 한두 마리가 아니었다. 놈이 돌아가서 자신의 부대를 이끌고 온 것 같았다. 화난 고양이 소리에도 까딱없는 놈들로 선별한 듯했다. 마치 말을 타고 온 기병대처럼 놈들은 요란했다. 나팔을 불고 간격을 정비하고 투구를 바로 쓰고 창을 높이 들고 그 고양이 같지 않은 고양이 소리를 낸 그놈을 잡아 죽이자, 하는 것 같았다. 나는 황급히 소파에서 일어나 밖으로 나갔다. 오줌을 핑계로 나갔지만 사실은 쥐들이 나를 찾아내 포박할까봐 겁이 났다. 밤공기는 습하고 텁텁했다. 끈적거리는 공기가 팔뚝에 감긴다. 저 앞에 환한 노란색 간판이 보인다. 맥도날드. 어디서든 금방 눈에 들어오는 노란 맥도날드 간판이 보인다. 나는 반가운 마음이 들어 뛰기 시작했다. 뒤에서 슬리퍼 끄는 소리가 나서 돌아보니 저안이가 저만치서 쫓아오고 있다. 저안이는 나를 위해 잠을 자다가 밖으로 나와주었다. 반바지에 손을 넣고 아무 말도 없이 나의 뒤로 와서 개구쟁이의 표정을 지으며 그가 묻는다.

쥐가 무서워?

5부

세상에서 가장
향기로운 냄새가
나는 사람

방문이 와락 열린다. 문밖에 놀란샹송이 당황한 얼굴로 서 있다. 맨살 어깨가 벌겋다. 그가 손을 휘저으며 말한다.

　　빨리 이곳을 나가야 해요.
　　왜요?
　　공안이 왔어요. 빨리요.
　　이 밤에요?
　　서둘러요. 발각되면 다 죽어요.

　그는 문밖에서 뒤를 돌아보며 말했다. 솔직하고 천진한 얼굴이다. 나는 맨발로 뛰쳐나와 다급히 물었다.

　　어디로 가죠?
　　뒷길로요.

　그는 기다란 팔을 허공으로 올리며 불이라도 난 것처럼 입을 크게 벌려 말했다. 그러면서 그는 배로 기어다니는 미끈한 동물처럼 스르륵 뒤를 또 돌아보았다. 나도 따라 그의 뒤를 보았는데 몽둥이를 든 공안의 모습은 보이지 않았고 검은 개가 달려오는 것이 보였다. 그 개는 분명 네 발 달린 짐승이었는데 화난 사람이 뛰어오는 인상을 주었다. 놀란샹송의 뺨에 불그레한 기운은 목 옆까지 이어지고 있었다. 보니 그도 맨발이었다. 그의 발등은 상처 나 있었고 흙이 묻어 있었다. 나는 순간 무섭기도 했지만 무슨 첩보영화의 주인공이 된 것처럼 흥분되기도 했다. 그래, 그럼 어디 나를 찾아봐, 하는 심정으로 나는 그가 들고 온 보온병을 받아들어 흔들어보았다. 물은 좀 모자란 듯했다. 물이 부족할 거 같아요, 하고 싶었지만 그의 얼굴은 긴박한 표정이 가득했고 여유는 있어 보이지 않았다.

빨리 가요. 어서요. 그는 맨발로 바닥을 쓸며 말했다. 나는 그의 조급한 눈동자를 바라보다가 몸을 틀었다. 그는 여전히 불안한 얼굴로 나를 배웅하고 있었고 우리 다시 만날 수 있을까요, 하는 애잔한 표정을 지어 보였다. 나는 고개를 한 번 끄덕이고 뛰었다. 목적 없이 뛰는 거라면 나의 특기 아니던가. 얼굴에 바람이 걸린다. 비도 내린다. 이런 날은 꼭 비가 내리더라. 나를 축하해주듯이 말이야. 뜀뛰기에는 비가 어울리지. 나는 혼잣말을 했고 비는 나의 뜀박질 소리를 낮게 잡아주었다. 5천 미터나 되는 고원에서 밤에 비를 맞으며 뛰는 기분이 이런 거구나. 근사한 걸. 총과 도끼를 들고 그 누가 나를 쫓아오더라도 이 기분에 속도를 내면 아무도 나를 잡지 못할 것이라는 생각이 들 정도로 몸은 최고의 컨디션으로 올라가고 있었다. 습기를 머금은 눅눅한 나무 냄새가 뺨에 스며든다.

뛰다 숨이 차 걸어가자니 초라한 얼굴로 나무 위에서 눈을 껌뻑이는 새를 발견했다. 새는 목을 뻣뻣이 세워 나를 내려다보고 있었다. 입을 살짝 벌리고 무슨 소리를 냈는데 알아들을 수는 없었다. 밤에 돌아다닌다고 욕설을 내뱉고 있는 입 모양이었다. 새는 피곤에 지친 듯했고 날개는 기운이 없어 보였다. 나는 무섭지 않다는 듯 손을 들어 흔들어보였다. 새가 날개를 퍼덕이며 눈알을 굴렸다. 나는 앞에 가로막고 있는 커다란 바위로 펄쩍 뛰어올랐다. 하지만 빗물 때문인지 미끄러져 땅으로 구르고 말았다. 뒹굴면서 나는 어떤 형체를 발견했는데 아무래도 사람 같아 보였다. 흙을 털며 일어서서 그 모호한 형체 쪽으로 다가갔다. 아니나 다를까 어떤 남자가 바위에 걸터앉아 있었다. 그의 어깨는 들썩이고 있었고 두 손은 흐트러진 머리카락을 감싸 쥐고 있었다. 가까이서 보니 얼굴이 통통 부어 있었고. 오. 아들, 나의 아들, 하면서 몸을 떨고 있었다.

누굴 찾아요? 이 밤에.
혀, 혀를 찾아요. 아들의 혀.
혀요?
혹시 방금 이곳을 지나간 짐승이 없었나요. 잡아야 하는데.
못 봤어요. 저도 방금 도착했는걸요.

그는 볼에 흘러내린 눈물을 주먹으로 훔치고 사원 방향으로 뛰어 내려갔다.

· · ·

이쯤이면 됐을 거야. 어스름 속에서 나는 뒤를 돌아보며 중얼거렸다. 난 잘못한 게 없는데 왜 공안은 나를 잡으러 오고 나는 왜 그들을 피해 뛰는가. 기분이 언짢아진다. 이마의 빗물을 손등으로 미는데 기이하게 휘어진 나무가 눈앞에 들어온다. 저건 나무인가? 파충류 가죽 같은 껍질이 칭칭 둘러싼 나무는 거리를 좁힐수록 거대했다. 나무 밑에서 나는 얼굴을 뒤로 젖혀 나무의 끝을 올려다보았다. 컴컴할 뿐, 아무것도 보이지 않는다. 나는 나무껍질에 손을 대고 문지르며 물었다.

나무야.
이렇게 너를 안고 있어도 될까?
너만 허락한다면 너를 안고 자고 싶어. 지금 너무 피곤하거든.

나무는 부끄러운지 아무 말이 없다. 그럼 허락한다는 의미로 알게. 나는 두 다리를 벌리고 좀 더 안정적인 자세로 나무를 더욱 꽉 안았다. 그때 나무가 작은 소리를 내었다.

내 뒤로 가봐.
아늑하고 편안한 작은 동굴이 있어.
그곳으로 들어가.
거긴 안전해.

나는 방금 들은 것이 환청인지 정말인지 알고 싶어 나무 뒤로 돌아갔다. 덤불에 싸인, 감추어진 어떤 작은 구멍이 보였다. 서서 들어가기에는 불가능해 보였고 간신히 기어 들어가면 될 것 같았다. 그때 나는 신기하게도 "산이 가깝게 느껴지고 윤곽이 선명할 때 조심해야 해요."라는 해부사의 말이 떠올랐다. 나는 최대한 자세를 낮추고 덤불을 손으로 헤치며 기어 들어갔다. 나뭇가지에 얼굴이 긁혔다. 안으로 들어갈수록 따뜻함이 느껴졌다. 비에 젖은 축축한 옷을 벗어도 좋을 만큼 안은 훈훈했고 아늑한 느낌을 주는 공간이 나왔다. 나는 몸에 달라붙은 웃옷을 벗었다. 조금 더 안으로 들어가자 바닥은 온돌처럼 따뜻했다. 이곳에서 며칠 푹 잠만 자다 나가면 되겠군. 공안이 절대 이곳을 찾을 리가 없어. 믿어지지가 않았지만 바닥의 흙은 정말 부드러웠고 천장은 뾰족한 돌들이 고드름처럼 내려져 있었다.

이상한 기분이 들어 고개를 쳐들어 앞을 보니, 안쪽 끝에 누가 있는 듯했다. 나는 얼른 바닥에 납작 엎드렸다. 돌을 집었다. 저쪽에서 무엇인가 반짝인다. 깜빡깜빡한다. 초원에서 고장 난 자동차의 라이트처럼. 비를 피해 들어온 맹수인가. 나는 몸을 최대한 오므리며 숨을 작게 쉬었다. 반짝이는 눈빛 같은 것이 잠시 가만있더니 다시 번득인다. 그리고 어떤 형태가 움직인다. 바닥에서 일어서려는 모양이다. 나를 봤을까. 나는 길을 잘못 찾아온 고슴도치처럼 엎드려 숨도 쉬지 않았다. 그런데 이상하다. 냄새가 난다.

압. 둘. 라. 사. 바. 하

소리가 난다. 진언 같은데. 나는 고개를 들어 앞을 주시했다. 형체는 어둠 속에서 두 발로 서 있다. 어깨는 약간 구부린 채로.

. . .

천 년도 넘을 듯한 검은 새벽이 무한정 이어졌지만, 왠지 이 새벽은 조금도 불안하지 않았다.

저게 사실은 여우인지도 몰라.
백년 먹은 설산의 여우.

아침이 되자 동굴 안은 밝아졌다. 주위가 금방 환해지더니 등이 뜨거워진다. 아침의 공기를 타고 이쪽의 냄새가 저쪽으로 이동한다. 저쪽의 냄새도 이쪽으로 건너온다. 나의 경직됐던 근육이 미세하게 움직이기 시작한다. 그런데 이 냄새는 정말 익숙하다. 나는 서서히 일어섰다. 발밑에 깔려 바스러지는 마른 나뭇가지 소리를 무시하며.

정말일까? 그의 냄새가 난다. 심장이 바늘이 되어 튀어나올 거 같다. 숨이 안 쉬어진다. 나는 뺨을 만지며 중얼거렸다. 이건 그의 냄새가 맞다. 냄새는 기억을 근거로 한다. 기억은 경험과 추억을 바탕으로 한다. 추억은 과거의 관계를 가지고 있다.

이건 저안이의 냄새다. 그 냄새가 지금 이곳에 가득하다. 나는 두 발짝 앞으로 나아간다. 앞에 서 있는 등의 형체와 척추가 드러난다. 직립한 두 발이 보인다. 으르렁거리는 소리는 없다. 그가 뒤를 스르르 돈다. 그의 광대뼈와 뺨이 내 심장에 박힌다.

냄새와 그 냄새에 관한 기묘한 이야기

　　　　　•　•　•

　도대체 머리카락은 얼마나 방치한 거야,

　발톱은 길고 휘어져 있어 동물의 부리 같고,

　앙상한 갈비뼈에 피부가 덮여 있고,

　옷은 입었는데 입지 않은 것 같고,

　코에는 안경이 걸려 있는데 알은 깨져 반창고를 붙여야 할 거 같고,

　얼굴은 세상의 모든 먼지와 때를 혼자 받아들인 거 같고,

　그의 몰골을 보며 나는 다가가며 물었다.

　　저안이?
　　너?
　　맞지?

　저안이의 냄새. 그와의 시간, 추억, 경험, 감정, 기억이 몰려온다. 나는 눈을 가늘게 뜨고 다시 불렀다.

　　저안아?
　　맞지?
　　너?

대답이 없다. 그새 벙어리가 되었나?

응.
나야.
저안이.

허연 버짐이 뒤덮은 얼굴에서 간신히 붉은색을 간직한 입에서
동굴을 울리는 소리가 들렸다. 아, 맞구나. 나는 뛰어갔다. 이 미친
놈이. 여기 있었구나. 이곳에 숨어 있었어. 우리는 서로를 확인했
지만 아무 말도 하지 못했다. 나의 눈물은 흐르다 멈추었고 얼굴은
건조해졌다. 그와의 기억이 삽시간에 떠올라 머리 위에서 번개를
친다.

학교 수영장에서
교실에서 티베트어 수업을
기숙사 방에서 라면을
그의 집에서 샤브샤브를
세탁실에서 탁구를
학교 뒷산 도교사원에서 기도를
방에서 줄넘기를
라면에 고기스프가 들어갔다고 싸웠던
여자친구와 이별을 했던
체력단련을 위해 권투를 배웠던

냄새와 그 냄새에 관한 기묘한 이야기

밍밍한 시아오진송 교수를 존경했던

나의 친구, 저안이. 맞다.

맞지, 너, 리우저안?
그래. 맞아. 나야.

나는 그를 와락 껴안는다. 웃으려고 했는데 눈물이 나왔다. 나는 아무 말도 하지 못하고 계속 울었다. 끝나지 않을 거 같은 울음이었다. 그런 나를 안고 그는 가만히 있었다. 헐렁한 그의 가슴에서 아기의 침 냄새가 난다. 저안이가 짧고 작게 말한다.

왔구나.
그래. 이 새끼야. 이런 곳에 숨어 있으면 못 찾을 줄 알았어?

나는 울음 섞인 목소리로 크게 말했다. 정수리가 하늘로 쪼개진 느낌이 들어서야 나는 비로소 울음을 멈추었다. 저안이의 몸은 좀 쪼그라든 모습이었고 눈은 퀭했지만 눈빛은 그윽했다. 저안이는 나에게 양동이에 고인 빗물을 주었다. 한 모금 마시고 나는 다시 저안이를 안았다. 이번에는 천천히 웃었다.

· · ·

나: 야. 너 정말, 그렇게 떠나기냐?

저안: 미안해.

하늘 아래 숨겨진 동굴에서 나와 저안이, 우리는 3일 밤낮을 함께 지냈다.

같이 자고

같이 경전을 읽고

같이 벽을 긁고

같이 빗물을 마시고

같이 누워서 이야기를 했다.

나: 너, 여기, 언제까지 여기 있으려고?

저안: 모르겠어. 넌 내려갈 거니?

나: 너를 봤으니, 내려가야지.

빗자루 같은 그의 턱수염은 특별한 후광이 감긴 듯 빛났다.

나: 안 보고 싶어?

저안: 보고 싶지.

나: 그럼, 나랑 같이 내려가자.

저안: (…)

냄새와 그 냄새에 관한 기묘한 이야기

　　　　　・　・　・

　사흘이 지나고 또다시 며칠이 지났다. 나는 이제 편지를 전해주
고 동굴 밖으로 나갈 준비를 했다.

　　나: 이거?
　　저안: 뭐야?
　　나: 너, 엄마 편지.
　　저안: 지금은 읽지 않을래.
　　나: 그래. 그렇게 해.

　저안이는 동굴에서 편안해 보였다. 목욕탕에서 물에 잠긴 사람
처럼 따뜻해 보였다. 밤이 되자 동굴은 보일러를 켠 것처럼 훈훈해
졌다.

　　나: 여기서 지내니까 어때?
　　저안: 좋아.

　내가 기대했던 박쥐는 보이지 않았다.

　　저안: 밖은 어때?
　　나: 어디?
　　저안: 동굴 밖의 계절 말이야?

나: 응. 지금은 겨울이야.

밤이 되면 저안이는 벽을 보고 오래도록 명상을 했다. 습관이 된
듯 보였다. 그럴 때면 나는 그의 등을 바라보았는데 등뼈는 곧추
서 있지 않았고 완만하게 휘어져 있었다. 그리고 그의 등에서는 어
떤 냄새가 흘러나왔는데 흙 속에서 지렁이가 목욕을 하는 그런 냄
새에 가까웠다.

· · ·

나: 저안아, 너 그거 기억나니?
저안: 어떤 거?
나: 우리 둘이 밤에 동물원 갔던 거.
저안: 응. 기억나.
나: 그때 넌 어딜 갔었니?

그날 우리는 뜻이 맞아 밤에 동물원을 가게 되었다. 그와 나는
성격과 취향은 달랐지만 그윽한 밤이 되면 걷는 것을 좋아했다. 그
날도 우리는 중앙도서관 뒤편으로 나 있는 아치형 다리를 건너갔
고 마을 주민들도 거침없이 들어와 운동장에서 야간 달리기를 하
거나 개에게 원반을 날리는 낭만적인 분위기가 연출되고 있었다.
운동장 트랙을 밝혀주는 조명은 내가 좋아하는 오렌지색이었고
달리는 사람들도 기분이 좋아 보였다. 그 모습을 바라보면서 앞서

냄새와 그 냄새에 관한 기묘한 이야기

가던 저안이가 내가 오기를 기다리더니 물었다.

저안: 우리 동물원 갈래?

나: 지금은 밤이잖아?

저안: 요즈음 야간 개장하잖아.

그렇게 그날 밤 우리는 계획에도 없던 동물원을 밤에 가게 됐다. 사실 그런 순간의 결정과 행동이 더욱 흥분되고 설레는 기분을 부추기는 것을 우리는 알고 있었다. 학교에서 두 블럭이나 떨어진 무짜(木柵)동물원까지 우리는 핫도그를 먹으며 걸어갔다. 우리는 보고 싶은 동물들을 하나씩 이야기했다. 나는 호랑이나 사자보다는 기린이 보고 싶다고 했고 저안이는 코뿔소가 보고 싶다고 했다. 코를 만져보며 코의 생김새와 유용성의 관계를 생각하고 싶다고 했다. 매표소에서 직원이 심드렁한 표정으로 말한다.

11시 50분까지는 나와야 해요.

왜요?

그야, 동물들도 잠을 자야죠. 사람만 자나요?

아, 그렇군요. 당신도 퇴근해야겠죠.

그러자 직원은 내 말에 기분이 상했는지 표를 내주고 작은 창문을 소리 나게 닫아버렸다.

저안: 같이 다니지 말고 각자 여유롭게 산책하다가 여기서, 정문입
구에서 다시 만나자.

나: 좋아.

저안: 나는 이쪽으로 갈게.

나: 그럼 나는 저쪽.

우리는 서로가 선택한 방향으로 밤의 동물들을 향해 걸어 들어
갔다. 나는 저안이의 등을 향해 큰 소리로 말했다.

야, 11시 40분까지는 와. 꼭.

그는 대답하지 않았지만 나는 그가 들었을 거라고 생각했다. 밤
의 동물원. 조용할 거라 생각했는데 그건 나의 착각이었다. 안으로
들어갈수록 사방에서 정확히 이건 곰, 저건 낙타라고 할 만한 소리
가 아닌 이상한 소리들이 마구 들려왔다. 이상한 건 사람들이 전혀
보이지 않았다. 야간 개장이면 가족 또는 연인들이 여기저기서 보
여야 하지 않는가. 안쪽으로 한참을 걸어 들어갔는데도 연인들은
고사하고 아빠가 아들의 목마를 태우고 걸어가는 그 흔한 모습조
차 보이지 않았다.

어흥, 하는 호랑이 소리가 들렸다. 역시 동물원은 호랑이야. 밤
인데도 잠을 자지 않는군. 동물의 왕은 밤이나 낮이나 자신의 존재
를 과시하는군. 하지만 나는 굳이 너에게 가지 않겠어. 뭐, 뻔하잖

냄새와 그 냄새에 관한 기묘한 이야기

아. 어슬렁거리고 있거나 바위에 권태롭게 앉아 하품을 하고 있겠지. 그때 또다시 어흥, 소리가 났지만 난 그쪽을 무시하고 앞으로 걸어갔다. '벵갈호랑이'라는 출산지와 특징이 씌어 있는 야광 표지판이 보였다.

기린이 사는 집은 어느 방향일까. 어디로 가야 하지? 표지판을 찾았지만 목이 긴 기린의 표지판은 보이지 않았고 귀가 접힌 코끼리 표지판이 보였다. 한밤에 귀를 너풀거리며 당근을 씹는 코끼리는 귀여울까. 나는 담장 쪽으로 가보았지만 코끼리는 보이지 않았다. 그런데 갈수록 이상한 기분이 들었다. 한참을 걸어 이곳저곳을 돌아다녔지만 한 마리의 동물도 보지 못했다. 사람도 마찬가지다. 동물원의 밤은 원래 이런 것인가? 기대감이 떨어지고 슬슬 겁이 났다. 혹시 이 커다란 동물원에 나 혼자 있는 건 아닌가, 하는 생각이 들자 빨리 이곳을 나가야겠다는 생각이 들었다. 나는 무턱대고 큰 소리로 저안아, 저안아, 하고 불러보았다. 두 손을 모으고 고개를 앞으로 빼 몇 번을 불렀으나 아무런 대답이 없었고 알 수 없는 동물들의 소리만이 되돌아왔다.

나는 불안감을 어깨에 업고 뛰기 시작했다. 매표소로 가야겠다는 생각이 들었다. 그곳에서 저안이를 기다리자. 동물원은 역시 낮에 봐야겠어, 하는 생각을 하며 뛰고 있는데 뒤에서 누군가 뛰어오고 있다는 느낌이 들었다. 저안인가. 나는 뒤를 돌아보았다. 그 순간 꽁지머리를 하고 바바리코트를 입은 중년 남자가 긴 장대를 바닥에 끌며 뛰어오고 있는 것이 보였다. 저 사람은 동물원의 수의사인가? 하는 생각이 들었지만 그러기에는 그가 입은 옷, 그러니까 크림색 정장에 붉은 넥타이, 윤이 나는 하얀 구두를 신은 그가 동물들을 관리하는 수의사라는 생각은 들지 않았다. 게다가 지금은 밤이지 않는가. 나는 멈추어 서서 다가오는 그를 바라보았다. 그가 오른손에 들고 있는 장대는 그가 다가올수록 손오공의 여의봉처럼 스스로 늘어나고 길어 보였다. 나는 그가 내 앞까지 오기를 기다렸다가 친근하게 인사했다. 하지만 그는 나를 쳐다보지도 않고 그대로 직진했다.

안녕하세요. 아름다운 밤이네요.
이봐요.
어디로 가시나요? 혹시 기린을 찾고 있나요? 저도 그래요.

그는 아무런 대꾸도 없이 갑자기 속력을 내어 뛰기 시작했다. 나를 떼어놓으려는 듯 보였다. 어라? 이 밤에 나와 달리기를 하자는 것인가? 그럼 사양하지 않겠어. 나는 속도를 내 그를 따라갔다. 하지만 그를 따라잡기에는 역부족이었다. 날렵한 운동화를 신고 있는 나보다 반질한 구두를 신은 그가 더 빨랐다.

뛰는 속도를 좀 줄여줄 수는 없나요?

한참 뒤에서 나는 숨가쁜 목소리로 물었다. 하지만 그는 여전히 바빠 보였고 그가 뛰고 있는 앞쪽으로는 알 수 없는 담장과 그 너머의 물이 보였다.

이봐요, 어디로 가는 거예요?

나는 그의 등에 대고 고함을 질렀지만 그는 대답하지 않았고 마치 담장과 그 너머를 목적지로 정했다는 듯이 속도를 더욱 내기 시작했다. 그는 뛰면서 어떤 소리를 질렀는데 알아들을 수 없었다. 욕인지도 몰랐다. 나는 멈추어 서서 허리를 숙이고 헉헉거리며 그의 등을 쳐다보았다. 그는 질주하는 것처럼 보였다. 그러더니 담장 앞에서 오른손에 쥔 장대를 바로 세워 지면에 꽂았다. 그의 추진력과 몸무게 때문인지 장대는 구부러졌다. 그는 그것을 예상했다는 듯이 장대가 펴지는 힘을 이용해 솟구쳤다. 까만 허공에 그의 은색 구두가 번쩍였다. 그가 장대를 잡고 물구나무서기를 한다.

아름답군. 이 동물원은 야간개장의 이유가 다 있었어.
이거였어. 한밤의 서커스.

나는 그 장면을 목격하고 감탄을 하지 않을 수 없었다. 나는 한강에서 불꽃놀이를 본 것처럼 기분이 좋아졌다. 그의 연기는 허공에서 계속되고 있었다. 그가 허공에서 알 수 없는 소리를 내더니 몸을 틀어 마주보는 상태를 만든다. 그러더니 그대로 담장을 넘어가려 했다. 하지만 그는 약간의 차이로 그만 담장 앞에서 찰랑이고

있는 물에 처박히고 말았다. 저것도 이 공연의 일부인가, 하는 생각
이 들었는데 그가 물에서 나오지 않자 걱정이 되어 담장 밖에서 소
리쳤다.

저기요, 괜찮아요?

잠시 후, 그는 검은 물속에서 힘겹게 일어나 자신의 무릎과 허리
를 만지더니 울타리를 기어 올라가기 시작했다. 그는 거무튀튀한
울타리 벽에 거미같이 붙어서 악착같이 올라가더니 기어코 그 울
타리 안으로 들어갔다. 나는 당황했지만 한편으로는 너무도 기대가
되었다. 저 담장 너머 울타리 안에는 어떤 동물이 있기에 저 사람은
저리도 최선을 다하는 걸까. 잠시의 시간이 흘렀다. 그는 풀어진 자
신의 머리를 정리하며 나오더니 허공에 매달린 고무타이어 위로 올
라가 자세를 잡았다. 그리고 두 팔을 크게 벌리고 큰 소리를 질렀다.
그의 입에서 나오는 소리는 또박또박 들리지는 않았지만 잠을 자
고 있던 동물들에게 나오라는 소리 같았다. 하지만 어떤 동물도 기
지개를 켜며 나오지 않았다. 그 울타리 속의 주인은 잠이 깊게 든 것
같았다. 그러자 그 사람은 노래를 부르기 시작했다.

이른 봄 갈고 헤친 귀한 논밭에
구슬땀 흘려 적신 착한 농부는…

가만히 들어보니 찬송가 같았다. 1절이 끝나갈 무렵 어둠 속에

냄새와 그 냄새에 관한 기묘한 이야기

서 무언가 윤곽을 드러냈다. 두 발이 아닌 네 발로 걸어 나왔는데 갈기가 제멋대로 엉킨 사자였다. 사자는 이 한밤에 자신의 잠을 깨우는 어떤 무뢰한을 확인하고 혼내주려는 표정을 하고 있었다. 하지만 사자는 그 사람의 노래를 듣고는 감동했는지 가만히 서 있었다. 아마도 한밤중에 그것도 먹이를 주는 조련사가 아닌 낯선 사람이 들어와 노래를 부르는 것을 보고 충격을 받은 눈치였다. 사자는 그대로 서서 그 사람의 노래를 감상했고 잠시 뒤 사자의 새끼들로 보이는 덩치가 작지만 강력한 이빨을 갖고 있을 것 같은 새끼 사자들이 줄지어 나왔다. 세 마리였다. 사자 가족이 나와 잠이 덜 깬 얼굴로 자신을 쳐다보자, 남자는 노래를 멈추더니 드디어 자신을 소개할 차례가 되었다는 듯이 기다란 코트를 벗어 바닥에 던지고 두 팔을 하늘 높이 올렸다. 그리고 울먹이며 소리쳤다.

빛과 불의 세상.
빙하가 녹고 산불이 나고,
이 세상은 곧 망할 것이다.

그는 줄지어 서 있는 사자 가족을 보며 기후 온난화를 걱정하는 대표자처럼 떠들었는데 나는 그 꼴을 보고 너무 놀라 소리를 질렀다.

당신은 미쳤나요? 어서 우리에서 나와요.

그는 돌아서서 한 팔로 나보고 가라는 시늉을 했다. 사자와 그의 새끼들은 그의 팔과 내 얼굴을 번갈아 쳐다보았다. 나는 이건 특별한, 한밤의 공연이라는 생각이 들었지만 어서 매표소로 가서 신고를 해야겠다는 생각이 들었다. 나는 황급히 뛰어 매표소에 도착했다. 하지만 문은 이미 닫혀 있었고 직원은 벌써 퇴근한 것 같았다. 저안이도 보이지 않았다. 술에 취한 아저씨 두 명이 서로 어깨동무를 하고 내 앞을 지나갔다.

다음날 아침 대만 '급박뉴스'에 어젯밤 동물원에서 사자를 향해 당당하게 설교를 하는 어떤 사람의 장면이 나왔다. 그리고 그 사람이 사자에게 목이 물려 죽은 채, 울타리에서 들것에 실려 나오는 장면이 확대되어 보였다. 그 장면을 보면서 나는 어젯밤 담장 저 멀찍이서 그 장면을 훔쳐보는 내가 혹시 CCTV 영상에 잡히지 않았나 하며 찾아보았다.

・ ・ ・ ・

동굴 안은 시원하면서 따뜻했다.

　나: 저안아?

　저안: 왜?

　나: 너, 말이야.

　저안: 응.

　나: 이전에 말이야. 아침에 눈을 뜨면 마음이 불편하다고 했잖아?

　저안: 그래, 그랬지.

　나: 그거 어떻게 됐어? 찾았니? 그 이유를.

　저안: 알 것 같아.

　나: 그게 뭐였어?

밤 동안 고여 있던 빗물을 몇 모금 마신 후, 저안이는 말했다.

　저안: 난, 이곳에 들어오고 한동안 같은 꿈을 계속 꾸었어.

　나: 어떤 꿈?

　저안: 이런 거였어. 내 머리 위로 여기 하늘사원이 달처럼 떠올랐
어. 둥그렇게 떠오른 사원에서 또 다른 내가 나를 보며 손짓했지. 어
서 오라고. 이곳으로 오면 또 다른 나를 만날 수 있다고. 나와 또 다
른 내가 마주하면 하나가 될 수 있다고 말이야.

　나: 그게 무슨 말이야?

저안: 대만에서 내 마음이 불편했던 건, 그건 선(善)하지 못해서 그런 것 같아.

나: 착하지 못해서?

저안: 나에게는 이타(利他), 그러니까 남을 생각하거나 배려하는 마음이 부족했던 것 같아. 아니 없었지. 나만 생각하는 이기적인 인간이었어.

나: 그럼, 여기 와선 달라졌어?

저안: 아니, 여전히 내 마음속엔 깊은 어둠이 있어.

· · ·

동굴 안의 크고 작은 돌멩이들. 저것들은 어느 라마승의 사리인가. 송충이 비슷한 지렁이가 돌 위로 올라오고 있는 것이 보인다. 저것의 다음 환생은 뭘까?

저안: 이야기 하나 해줄까?

나: 응.

저안: 처음 이곳에 올라와서 고생을 했어. 몸도 아프고 마음도 생각보다 편안하지 않았지. 빨리 무언가를 깨닫고 싶었지. 초조했어. 스승님이 그걸 눈치 채고는 이곳을 소개시켜주었어. 이 동굴에 들어가 3년을 있으라고 했어. 나는 거부했지. 자신이 없었어. 스승님께 간청했어. 빨리 깨달음을 얻어 마음의 불안을 없애고 싶다고. 소용없었어. 스승님은 나를 만나주지 않고 어떤 동굴로 수행한다며

잠적하셨어. 스승님도 3년 뒤에나 나온다고 하면서. 별 수 없이 나는 이곳으로 들어왔지. 그런데 이곳에 들어와 처음 몇 달 동안은 이상한 몸의 변화를 느꼈어.

나: 뭔데?

저안: 밤이 되면 바닥을 기어 다니거나 알몸으로 벽을 긁는 등의 알 수 없는 괴기한 행동들을 반복했어. 마치 몸이 가려운 괴물처럼 말이야. 왜 그런지는 나중에 알았지.

나: 왜 그런 거야?

저안: 인간이 빛을 보지 못하면 처음에 나타나는 증세였어. 미치는 줄 알았지.

나: 답답해서 그랬을 거야.

저안: 응. 그랬나봐. 1년이 지나자 차츰 적응이 됐어. 마음도 한결 부드러워졌어. 새벽에 일어나 경전을 읽고, 서서 암송하고, 여기서 저기까지 오체투지를 하고, 밥 지어 먹고 그걸 하루에 다섯 번 정도 반복하는 거지. 그리고 어떤 느낌이 오면 바로 시(詩)를 지어.

나: 시?

저안: 응. 명상을 하다가 경전을 읽다가 뭔가 떠오르는 생각이 있으면 그것이 떠나기 전에 붙잡고 적는 거야. 눈으로 보이지 않는 찰나의 순간을 잡는 거지. 몸에서 솟아나는 어떤 기분을 말이야. 그 기분은 빛처럼 환하다가 금방 어둠처럼 가라앉을 때도 있어. 그때마다 나는 지은 시를 스승님께 바쳤지. 처음 스승님은 아무런 반응이 없었어.

나: 실망했겠구나?

저안: 응. 많이.

우리 사이에 순간 고요가 폴짝 떠올랐다.

저안: 내가 여기로 들어오기 전, 스승님은 물으셨어.

스승님: 왜 왔는가? 내가 침묵하자 바로 불교의 목적이 뭐냐고 물으셨지.

저안: 마음의 고통으로부터 벗어나는 방법을 깨닫는 겁니다.

스승님: 그렇다. 대중들은 쾌락을 추구함으로써 고통에서 탈출을 시도하지만 불교에서는 지혜를 이용하여 벗어난다. 그럼 그 지혜는 어디에서 오는가?

저안: 모르겠습니다.

스승님: 무명(無明)이다. 즉 잘못 알고 있는 인식의 오류에서 온다. 그러므로 근본적인 문제는 나의 마음에 있다는 것을 알아야 한다. 예를 들어 철사줄(또는 동아줄)을 들고 그걸 뱀으로 인식하는 마음이지. 그저 하나의 평범한 줄인데 뱀으로 여기는 그런 잘못된 인식을 먼저 깨우쳐야 해. 그렇지 않으면 그 줄은 결국 자신에게 독이 된다. 그래서 고통이 온다는 것을 깨달아야 한다.

저안: 그러면서 스승님은 불교는 근본적으로 무명을 제거하는 수행이라고 그래야 비로소 지혜가 나온다고 하셨어. 괴로움의 원인들을 우선 제거해야 지혜가 나온다는 것이지. 그 다음날 스승님은 불

교의 두 번째 목표를 말씀해주셨지. 그건 인간이 가지고 있었던 원래의 마음으로 돌아가야 한다는 거였어. 방금 세상에 나온 아기의 마음으로 말이야.

나: 아기의 마음?

저안: 그래. 아기의 마음. 넌 세상에는 착한 사람이 많다고 생각해? 아님 악인이 많다고 생각해?

나: 난, 악인이 많다고 생각해.

저안: 아니 그렇지 않아. 착한 사람이 더 많지. 그러지 않으면 세상은 이만큼도 돌아가지 않을 거야.

저안이는 일어서서 잠시 체조를 했다. 팔과 다리를 엇박자로 움직였는데 좀 우스꽝스러웠다.

저안: 태양은 만물에 이로움을 주지.

나: 그야 그렇지.

저안: 태양을 나의 마음이라고 생각하고 구름을 고통과 불안이라고 생각해봐.

나: 그래서?

저안: 어느 날 구름이 태양을 가렸다고 생각해봐. 태양은 잘 보이지 않을 거야. 그럼, 그 구름을 제거해야 태양을 볼 수 있지. 그런 원리야. 우리는 태어나는 순간부터 지금까지 마음에 계속 먼지와 때가 끼거든. 그러니 그 먼지와 때를 닦아야만 원래의 마음으로 돌아갈 수 있는 거지. 구름이 사라져야 태양을 볼 수 있듯이.

나: 어려운 걸.

나는 어지러움을 느꼈지만 눕지 않았다.

• • •

새벽이 되었는데도 저안이는 말을 멈추지 않았다.

저안: 매우 간단해서 도달하지 못한다는 말이 있어. 우리는 자신의 마음을 보려면 그 자리에서 그냥 돌아서면 되는데 매일 매일 무언가를 이루려고 앞으로 나아가지. 그러면 그럴수록 자신의 마음과는 멀어지는데 말이야.

나: 그러니까 목적과 소유를 위해 앞으로 나아갈수록 자신의 마음을 볼 수 없다. 이 말이니?

저안: 그런 셈이지. 내가 이곳에서 스승님께 처음으로 받은 숙제는 '지금 그 생각을 멈춰'였어.

나: 생각을 멈춰?

저안: 응. 생각을 다른 곳으로 돌리라는 것인데, 마음속에서 떠오르는 잡다한 생각을 하지 말라는 거야. 특히 과거와 미래에 대해서.

나: 그게 될까? 마음을 멈추는 게.

저안: 수행으로 가능해. 사실 명상이란 것은 생각하지 않는 경지에 도달하는 방법이지. 즉 바보가 되는 거야. 우리는 모두 스스로가 똑똑한 사람이라고 생각하고 살거든.

냄새와 그 냄새에 관한 기묘한 이야기

나: 생각하지 않는 경지?

저안: 그게 달라이 라마 존자의 수준이지. 그는 평소에도 뇌의 상태가 명상의 상태라고 알려져 있어.

나: 설마?

저안: 암튼, 생각하지 마. 그게 관건이야. 자꾸 생각이 끓어오르면 펑! 하는 소리를 질러 생각을 잡아야 해. 생각의 전환을 시도하는 거지.

나: 예를 들면?

저안: 배가 고프다는 생각이 들면 바로 다른 생각으로 전환하는 거야. 오른쪽 눈알을 왼쪽으로 돌리듯 말이야. 관심의 대상을 전혀 다른 방향으로 돌려 그 올라오는 생각을 소멸하는 거지. 그럼 배가 고프다는 생각을 멈출 수 있어. 그래도 생각이 올라오면 손바닥으로 그 생각을 덮어야 해.

나: 그래도 안 되면? 손가락으로 덮었는데도 그 생각이 또 손가락 사이로 빠져나오면?

저안: 그럴 때는 그 손바닥 사이로 나오는 생각을 쳐다보지도, 집중하지도, 생각하지도 말아야지. 그게 수행이야. 다시 말하지만, 태양은 좋은 점이 많아. 만물에게 이로움을 주지. 하지만 구름에 가려 있다면 무엇이든 볼 수 없고 우리에게 이로움을 주지 못해.

아침이 되어서도 저안이는 지치지 않았다.

나: 그래서 너는? 너의 마음을 보았니? 의지로 생각을 멈출 수 있어?

저안: 그럴 수 있다고 생각했어. 그래서 시를 써서 올렸지. 그랬더니 어느 날 스승님께서 직접 이리로 오셨지. 나는 기대됐어. 스승님이 나를 인정하시고 자신의 후계자로 삼아주실 것 같았지.

나: 근데?

저안: 스승님은 나를 보자마자 갑자기 나의 머리통 위로 '폐!'라는 크게 소리를 내셨어. 나는 어리둥절했어. 두 손으로 머리를 감싸며 악, 하고 소리를 질렀지. 잠시 뒤에 스승님이 또 아무 말도 없이 나의 머리를 향해 손을 내리치면서 '폐!' 하고 소리를 질렀어.

나: 왜?

저안: 나도 알 수 없어 가만히 있었지. 세 번째도 마찬가지였어. 나의 머리통을 가리키면서 폐, 라고만 외치셨지. 나는 그때 그 짧은 순간에 많은 생각을 했어. 뭐지? 이건? 스승님은 잠시 나를 쳐다보시더니 흙으로 빚어진 표정을 하고 그냥 나가셨어. 나는 어리둥절했지. 무슨 영문인지 알 수 없었어. 다음 날 스승님께서 편지를 보내셨는데 이렇게 씌어 있었어.

너를 내 제자로 받아줄 수 없다.
내가 폐, 라고 세 번 외쳤는데 너는 그때마다 많은 생각을 하더구나.
그 폐!라는 소리는 바로 지금, 너의 생각을 멈추라는 주문이었다.

냄새와 그 냄새에 관한 기묘한 이야기

동굴은 저안이의 냄새로 가득했다.

별과 달을 섞은
달팽이와 나뭇잎이 만난
진흙에서 목욕하는 코끼리의
바다에서 산이 솟아오르는
바람에 진언이 휘날리는
그런 냄새가 흥건했다.

· · ·

나: 이곳에선 왜 입(口傳)으로만 밀법(密法)을 전수하지? 나는 궁금했다.

저안: 그건 말이야, 티베트 경전의 핵심은 기록이나 문헌에는 없어. 중요한 밀법은 입으로만 전해주지. 그건 이곳의 전통이야. 그래서 중요한 건 스승의 법력을 받을 수 있는 제자가 필요하다는 거야. 정말 중요한 수행의 방법은 소수에게만 전수되어야 하거든. 비밀스럽게 말이야.

나: 그러니까, 왜 그러냐고?

저안: 그래야 밖으로 퍼지지 않지. 왜, 무협지에도 나오잖아? 스승의 절대무공은 한 사람의 제자에게만 전수되는 거 말이야.

나: 그럼 누가 선택되지?

저안: 사람마다 성격과 바탕이 달라. 그래서 스승이 제자의 바탕

을 알고 일대일로 전해야 하는 거야. 기계처럼 일괄적으로 가르칠 수는 없지. 사람 대 사람만이 마주해야 호흡과 리듬을 전할 수 있어.

나: 리듬의 전달?

저안: 인간의 호흡, 냄새, 소리, 진동, 리듬, 체온은 기계가 흉내 낼수도 없고 전달할 수 없어. 지금 세상에서 떠들고 있는 동영상 같은 걸로는 일반적인 티베트어는 보급할 수 있을지도 몰라. 언어나 말은 기능적인 측면이 강하니까. 하지만 스승만이 가지고 있는 호흡과 리듬은 전할 수 없지. 그건 인간 대 인간만이 느낄 수 있는 감정과 의식의 전이이거든.

· · · ·

동굴 안에서 저안이와 나는 동그라미 놀이를 했다. 바닥에 두 개의 원을 그리고 각각 들어가 한 손을 뻗어 마주 잡고 이야기를 했다.

나: 이곳에서 또 다른 너를 만났니?

저안: 만났어. 내가 나에게 고백할 기회가 온 거지.

나: 말해줄 수 있어?

저안: 이 동굴로 처음 오는 그 밤에 나는 뒤에서 누가 따라오는 걸느꼈어. 처음에는 그냥 걸었지. 뒤돌아보지 않았어. 동굴 입구까지왔는데 그때까지도 계속 따라오는 거야. 나는 멈추어 섰지. 궁금했어. 가만히 돌아보았지. 그랬더니 내 앞에 정말 내가 서 있는 거야. 밝고 명랑한 기운이 느껴지는 청년의 내가 말이야.

냄새와 그 냄새에 관한 기묘한 이야기

저안이는 나의 손을 꽉 쥐었다.

나: 그래서?

저안: 나는 물었지. 네가 나니?

또 다른 저안: 맞아. 난 너야.

저안: 너는 나를 어떻게 생각해?

또 다른 저안: 모르겠니?

저안: 응. 난 왜 여기에 와서도 매일 마음이 불편한 거지?

또 다른 저안: 그건 말이야,

저안: 응, 뭐지?

또 다른 저안: 넌 매일 너를 위해 타인을 버리잖아.

저안: 아니야, 그런 건 아니야.

또 다른 저안: 맞아. 넌 매일 앞으로 전진만 한 거야.

저안: 그건, 나도 이유가 있어.

또 다른 저안: 있겠지. 있을 거야. 하지만 어땠어? 마음이 불편하지 않았니?

저안: 그건 그랬어.

또 다른 저안: 그래서일 거야. 너 자신을 위해 소중한 사람들을 멀리하고 너는 매일 앞으로 나아간 거지. 마치 달이나 우주의 어떤 행성에 가면 보물 같은 무엇이 있을까, 하고 말이야.

저안: 하지만 나는 그들을 힘들게 하지 않았어.

또 다른 저안: 그래 알아. 그래서 너에게 평화가 왔니?

저안: 아니. 그건 오지 않았어.

또 다른 저안: 현실을 버린다고 행복과 평화는 오지 않아. 알약을 먹고 오래 산다고, 자동차를 타고 날아다녀도, 누구보다 먼저 화성에 도달해도 네가 바라는 그것은 오지 않아.

저안: 무슨 말이야?

또 다른 저안: 좀더 편해지고 오래 산다고 행복한 건 아니야.

저안: 왜지?

또 다른 저안: 그건 네가 집을 떠나 이곳에 온 것과 같은 이유야.

여기까지 말하고 저안이는 울기 시작했다. 처음에는 눈물만 흘리더니 점차 큰 소리를 내며 울었다. 그가 들어간 둥그런 원이 잠시 기우뚱했다. 저안이는 고백하듯 말했다.

그날 이후로 나는 매일 생각했어.

밤새 눈을 맞고 나를 기다리며 눈사람이 되어버린 나의 여자친구 샤오링을,

외로워 굶어죽은 기숙사의 개를,

사업이 망해 거지가 되어버렸다고 아빠에게 소리를 질러버린 그 밤을,

간섭 말라고 소리를 지르며 문을 닫아버린 내 방문을 쳐다보는 엄마의 표정을,

그리고 라면에 고기스프가 들어갔다고 손을 들어 때리려 했던 너를…

냄새와 그 냄새에 관한 기묘한 이야기

그날 우리는 원 안에서 나오지 않고 손만 마주 잡은 채 이야기를 오래 했다. 저안이가 들어간 원은 가끔씩 흔들렸다.

．．．．

그날 새벽의 여명이 왔을 때 저안이는 조용히 일어났다. 그리고 벽 틈 속에 꽂아놓았던 엄마의 편지를 빼서 동굴 입구로 나갔다. 나는 눈을 감고 자는 척했다. 저안이는 아침이 될 때까지 잠자리로 돌아오지 않았다. 나는 모른 척하며 기다렸다. 그가 돌아왔을 때 그의 옷은 젖어 있었다. 나와 작별하기 전 저안이는 나에게 누런 종이를 건넸다.

뭐야? 나는 물었다.
여기서 말고 돌아가는 길에 읽어.

나는 방에 돌아오자마자 봉투도 없이 접어서 준 그 누런 종이를 펼쳤다.

없는 것을 찾느라 있는 것을 보지 못했어.
와줘서, 고마워.

종이에서 저안이의 손 냄새가 났다.

$$\bullet \quad \bullet \quad \bullet$$

동굴에서 저안이는 자기가 정한 시간이 되면 줄넘기를 했다.

　　나: 그거, 그 줄넘기 아냐?

　　저안: 맞아. 대만에서 가져왔어. 이걸 하지 않으면 몸이 망가져.

　　저안이는 동굴에서 줄넘기를 하고 있었다. 대만에서 권투연습 하던 모습이 생각났다. 나는 저안이가 줄넘기를 할 때, 그 옆에서 서서 줄도 없이 두 손으로 흉내를 내며 같이 했다.

　　나: 줄넘기할 때, 뛸 때 무슨 생각해?

　　저안: 아무 생각도 안 나.

　　나: 얼마나 하면 그렇게 돼?

　　저안: 모르겠어. 샤오링과 헤어지고 난 뒤부터 시작했지.

　　나: 그래도 평생을 뛸 순 없잖아. 힘들면 멈춰야지.

　　저안: 평생 할 거야.

　　나는 같이 뛰면서 궁금한 것을 물었다.

　　나: 있잖아.

　　저안: 뭐가?

　　나: 사원 뒤쪽의 어떤 동굴 입구에서 원숭이 소리를 들었어. 내가

잘못 들은 걸까?

저안: 맞아. 그 안에 원숭이들이 있어.

나: 정말이야?

저안: 라마승들이 길러.

나: 왜지?

저안: 새끼 원숭이들을 그 안에 가두고 티베트어를 가르치지.

나: 언어를 가르친다고?

저안: 응. 원숭이는 인간과 가장 비슷한 뇌 구조를 가졌대. 그래서 티베트어를 가르쳐.

나: 그래서?

저안: 뭐가?

그는 쉬지 않고 줄넘기를 했다. 나는 숨이 차 멈추어 섰다.

나: 그래서 어떻게 됐냐고? 원숭이가 말을 하냐고?

저안: 했대. 3년 지난 어느 날, 첫 마디를 했다지 아마.

나: 뭐라고 했대?

저안이는 줄넘기를 멈추고 주먹으로 땀을 닦았다.

나: 뭐라고 했어?

저안: 그게 말이야.

나: 어. 뭐라고 했냐고? 뭐냐니까?

·　·　·

　　나: 임마, 체조를 해. 맨손 체조. 안 그러면 너 다쳐. 숙. 숙. 권투도
하고. 알았지?

　　저안: 그래. 알았어.

　　동굴에서 나와 포옹을 하고 악수를 하고 그래도 아쉬워 내가 서
성거리자 저안이는 말했다.

　　저안: 붉은 나무를 보고 내려가.

　　나: 붉은 나무?

　　저안: 응. 피를 마시고 자라나는 나무야.

　　나: 나무가 피를 마셔?

　　저안: 그 나무는 머지않아 인간이 될 거야.

　　나: 나무가 인간이 된다고?

　　저안: 그 나무는 세상에 존재하는 모든 냄새를 간직한 단 하나뿐
인 인간이 될 거야. 감정과 추억을 읽어내는 인간 말이야.

　　나: 그게, 무슨 말이야?

　　저안: 가보면 알아. 그 나무는 인간의 슬픔, 수치, 오만, 두려움, 기
쁨, 좌절, 희망, 기대, 쾌락의 모든 감정을 읽어내는 힘이 있어.

　　나: 무슨 그런 나무가 있어?

　　저안: 가봐. 가서 확인해봐.

　　　　　　　　냄새와 그 냄새에 관한 기묘한 이야기

．　•　•　•

저안이와 헤어진 후, 나는 해부사의 방으로 찾아갔다. 이제 작별 인사를 하러 왔다고 했다. 붉은 차를 마시면서 우리는 침묵했다. 방을 나서고 돌아설 때, 나는 악수를 할까, 포옹을 할까, 생각하다가 예상치 못하게 그 두 가지를 다했다. 악수도 하고 포옹도 했다. 차디찬 설산의 공기 속으로 우리의 두 손이 빨려 들어갔다.

　　해부사: 이제 평지로 내려가면 이곳을 잊으세요.
　　나: 잊을 수 없을 것 같아요.
　　해부사: 이곳의 기억은 추억으로 남기고 절대 입 밖으로 내지 말아요. 저 아래의 세상은, 빛과 불의 세상은 이곳의 소리와 냄새를 믿어주지 않을 겁니다.
　　나: 네.
　　해부사: 고원과 평지의 삶은 달라요. 수직과 수평이 다르듯이.
　　나: 알겠습니다.

나는 내려가다가 잠시 멈추고 뒤를 돌아보았다. 그는 여전히 나를 보고 서 있었다. 난 큰 소리로 말했다.

　　절대 잊지 못할 거예요.

   •   •   •

해부사와 작별하고 내 방으로 걸어가는데 누군가 나를 따라오는 느낌이 들었다. 개나 새는 아니었다. 나는 고개를 돌리지 않았다. 끝까지 돌아보지 않고 방으로 들어와 누웠다. 돌아보지 않은 것을 잘했다고 생각했다.

밤이 되자 열이 올라 잠을 잘 수가 없었다. 새벽이 되자 온몸이 뜨거워지고 이빨이 딱딱 부딪쳤다. 나는 옷을 벗은 채 밖으로 나와 찬바람을 마셨다. 입을 벌리고 설산이 내뿜는 바람을 크고 깊게 들이마셨다. 입으로 들어온 바람은 목구멍을 통과해 폐로 들어왔다. 폐주머니가 놀랐는지 부풀어 올라 가슴이 시리다. 그때 누군가가 내 뒤에 서 있다는 느낌이 또 들었다. 나는 맨발로 땅을 긁으며 생각했다. 돌아설까? 나는 천천히 몸을 돌렸다. 저만치 서서 나와 같은 눈높이로 누군가 나를 응시하고 있다.

나: 넌, 나니?
또 다른 나: 맞아. 난 너야. 이제야 만났구나.

설산의 바람이 우리 둘 사이의 그림자에 가만히 앉는다.

   •   •   •

냄새와 그 냄새에 관한 기묘한 이야기

사원의 라마승들과 마지막 인사를 하고 법당 뒤편의 구덩이 쪽으로 가보았다. 여전히 또 다른 구덩이를 파고 있는 라마승의 등이 보였다. 구덩이는 이제 막 시작을 했는지 땅 밑으로 얼마 들어가지 못한 상태였다. 삽질을 하고 있는 라마승의 등에 대고 인사를 했다.

나: 안녕히 계세요.

라마승: 잘 가요. 이 삽 가지고 갈래요?

나: 필요할 것 같지 않은데요.

라마승: 그건 모를 일입니다. 가져가세요.

나는 선물로 받은 삽을 칼처럼 허리에 차고 하늘사원을 내려왔다. 그의 말대로 부드러운 흙 냄새를 맡으며 하늘을 보려면 정말 삽이 필요할지도 몰랐다.

사원에서 내려오자마자 나는 초원으로 체링을 찾아갔다. 아이는 없었고 엄마는 고개를 숙이고 있었다. 울먹이고 있는 그녀의 손가락 사이로 검은 머리카락이 보였다.

이틀을 걸어서 유목민 할아버지를 찾아갔다. 초원에서 시계를 줍고 좋아하던 할아버지도 역시 없었고 그의 아들이 영정사진을 닦고 있었다. 할머니는 할아버지가 주워온 쓰레기들을 태우고 있었다.

우
리
들
의

시
간

그해 겨울, 주말이 되면 저안이는 어디론가 사라졌다. 매주 금요일 저녁이 되면 그는 타이베이 민간단체에서 개최하는 불교법회에 나가 주차장에서 차(車) 안내를 하거나 통역 도우미를 했다. 통역은 주로 인도나 네팔에서 온 라마승들의 밀교 전통의식 중의 하나인 관정(灌頂) 행사를 돕는 역할이었다. 저안이는 책에서만 본 그 의식을 직접 보고 들으니 매우 흥미롭다고 했다. 틈틈이 영어 과외도 했다. 시아오진송 교수님의 조교도 했다. 그렇게 번 돈은 한 푼도 쓰지 않았다. 돈을 모아야 한다고 했다. 밥도 기숙사에서 해먹고 채식 식당을 찾아 다녔으며 심지어 어떤 날은 '단식연습'이라며 굶기까지 했다.

나: 야, 밥 안 살 거야?
저안: 나중에. 지금은 좀 바빠.

그는 정말 바빠 보였고 우리는 만나는 시간이 점점 줄어들었다. 그러던 어느 날 밤, 나는 우연히 학교 도서관 뒤쪽의 야자수 산책로에서 저안이를 만났다. 그는 아치형 다리 위에서 돌난간에 두 손을 얹고 고개를 숙여 흐르는 물을 내려다보고 있었다. 달은 만삭인 듯 크게 부풀어 올랐고 주위는 고요했다.

나: 저안아?
저안: 어. 여기, 이리로 와.
나: 뭐해?

저안: 저 아래 흐르는 물을 보고 있어.

  나는 그의 옆으로 다가가서 그와 같이 두 손을 돌 위에 얹고 아래를 내려다보았다.

  나: 아래에 뭐 있어?
  저안: 아니. 그냥, 생각 좀 하고 있어.
  나: 무슨 생각?
  저안: 소금장사를 기다리고 있어.

  그가 소금장사, 라고만 하고 말이 없자, 내가 물었다.

  나: 너 또 몽유병 환자처럼 왜 그래. 하지만 너의 이야기는 묘한 재미가 있지. 해줄래? 무슨 이야기야?
  저안: 소금장사를 기다리고 있어. 하지만 그는 오지 않고 있어. 그가 도착할 시간이 이미 상당히 지났지만 그는 도착했다고 또는 시간이 좀 걸린다고 나에게 알려주지 않아. 그래서 좀 초조하고 화가 나.
  나: 그에게 무슨 일이라도 생긴 건 아닐까?
  저안: 나에게 오려면 반드시 거쳐야만 할 초원이나 사막이 있는데 그곳에서 헤매고 있는 것은 아닌지, 그곳에서 길을 잃고 자신의 소금을 먹으며 아직도 길을 찾고 있는 것은 아닌지? 그것도 아니면 초원의 여우나 사막의 낙타에게 잡아먹혀 뼈만 남은 것은 아닌지?

                              냄새와 그 냄새에 관한 기묘한 이야기

걱정이 돼. 내가 이토록 기다리고 있는데 말이야.

나: 혹시 초원에서 양털을 자르고 사막에서 바늘을 찾느라고 늦어지는 거 아닐까?

저안: 아무래도 그에게 무슨 일이 생긴 것 같아. 너무 오래도록 나를 기다리게 하고 있잖아. 이제는 내 몸 안의 염분이 다 사라져 이상 증세가 느껴지고 있는데도 말이야.

저안이는 달을 보며 혀를 내밀었다. 나는 달을 향해 내민 그의 혀끝을 쳐다보았다.

저안: 어지럽고, 손이 떨려. 구역질도 나고, 화도 자주 나. 그리고 가만히 있는 나무를 보며 욕도 하기 시작했어. 아무런 죄도 없는 나무에게 말이야. 저안이는 미간을 누르며 말했다.

나: 그건 미쳐가는 증세 아닐까? (나는 웃으며 말했다.)

저안: 아침에 일어나면 정말 기분이 안 좋아. 기분이 그냥 더러워. 아무래도 몸 안의 소금이 말라버려서 그런 것 같아. (저안이는 팔을 들어 달에 비추면서 말했다.)

나: 수면 부족일 거야.

저안: 아니야. 이건 마음의 문제 같아. 내 몸에 염분이 말라버려서 신장이 쪼그라들고 있는 거지. 태양에 말린 대추처럼. 그런 거야. 나는 결국 마르고 쪼그라들어서 죽을 거야.

나: 혹시 그 소금장사는 이미 와 있는 거 아닐까? 네가 아직 눈치를 채지 못하고 있을 뿐. 그가 게으르거나 심술쟁이가 아니라면 이

미 와 있을지도 몰라. 나는 방금 전의 개구리 같은 것이 다시 튀어 오르지 않을까 하며 물을 내려다보며 말했다.

저안: 그럴 리 없어. 그가 왔다면 당연히 나에게 먼저 왔겠지. 노새의 등에 하얀 소금을 잔뜩 싣고 나에게 먼저 왔어야 해. 그래야 해. 그는 내가 기다리고 있는 걸 알고 있거든.

아무리 내려다보아도 방금 전 사라졌던 개구리 같은 그것은 다시 튀어 오르지 않았다. 나는 저안이의 옆얼굴을 쳐다보았다. 그는 어느새 입술이 소금처럼 하얗게 메말라 있었고 다리 위에 얹혀 있는 그의 두 손도 하얗게 변해가고 있었다.

저안: 그가 오지 않는다면, 그럼 말이야…
나: 그러면 뭐?
저안: 내가 가야지. 그가 있는 곳으로 말이야. 그럼 돼.

그때 다리 아래, 흐르는 물에서 또다시 무언가가 펄쩍 뛰어 나무 밑으로 들어갔다.

· · ·

혀에 신맛이 느껴지던 일요일 오후, 우리는 학교 운동장에서 축구를 하고 있었다. 헛발질을 하던 저안이는 축구공에는 공의 냄새보다는 흙과 신발의 냄새가 난다고 투덜댔다. 나는 목 뒤로 흐르는 땀을 훔치며 나무 아래 벤치로 가 쉬자고 했다.

헤어져야겠어. 그가 신발을 털며 말한다.
누구와? 내가 물었다.
여자친구.
샤오링과 헤어진다고?

벤치에 눕다가 나는 놀라 일어나 앉았다. 그에게는 5년 동안 사귄 여자친구가 있었다. 나도 두어 번 같이 밥을 먹고 도서관 정문에서 분홍색 이어폰을 꽂고 저안이를 기다리고 있는 그녀를 본 적이 있다. 처음으로 셋이서 만나 베트남 식당에서 음식을 주문할 때, 그녀의 정확하고 단정한 옷차림만큼 딱 떨어지는 목소리도 들었다. 철학과 선후배 사이였다고 했다.

그녀는 학교를 졸업하자마자 대만에서 가장 큰 백화점이라고 할 수 있는 신광산위에(新光三月)에 취직했는데 아무리 바쁘더라도 한 번은 꼭 나까지 초대하여 고기를 사주었다. 내가 한국에서 온 유학생이라니까 그녀 역시 〈대장금〉의 이영애와 〈엽기적인 그녀〉의 전지현을 이야기하며 그녀가 세상에서 제일 예쁘다고 수줍게 웃었다. 나는 그녀를 볼 때마다 홍콩의 어떤 배우가 생각났는데 살짝 웃는 모습이 닮았던 것 같다. 그녀는 밝고 눈치가 빠른 대만 아가씨였다. 말수는 적었지만 그러면서도 따뜻하고 명랑한 분위기를 가지고 있었다. 그녀가 어떻게 저렇게 재미없고 고집스런 저안이와 교제를 하게 되었을까 하고 생각한 적이 한두 번이 아니었다.

너, 정말이야?

응. 결심했어. 헤어질 거야.

식당에서 보았던 그녀의 종아리는 남자 못지 않은 털이 보송보송 솟아 있었는데 그건 옥수수 껍질에 나 있는 털처럼 하지만 눈에 띄게 보이지 않을 정도로 돋아나 있었다. 그녀는 상냥했고 잘 웃었다. 흰 피부에 분홍색 잇몸, 붉은 볼과 갈색의 눈동자를 가진 그녀는 내가 보기에 저안이를 많이 좋아하는 것처럼 보였다. 더 좋아하는 사람이 더 많이 웃고 더 많이 울고 선물도 더 많이 하지 않는가. 저안이는 그런 그녀와 헤어져야겠다고 했다.

· · ·

샤오링과 헤어져야겠다고 말한 한 달이 지난 후, 저안이는 정말 그녀에게 이별을 선언했다. 저안이는 그녀가 더 이상 전화를 하거나 기숙사 앞으로 찾아오지 않았으면 좋겠다고 나에게도 그녀에게도 말했다. 그녀는 어느 연인의 헤어짐과 똑같이 울먹였고 슬퍼했고 이별을 받아들이지 않았다.

왜 그래, 너?

난, 티베트로 가서 공부해야 해. 라마승이 될지도 몰라.

나는 그 소리를 듣고 미친놈, 하며 목구멍에 달라붙어 좀처럼 나오지 않는 노란 가래를 뽑아내는 시늉을 했다.

메스꺼운 태양이 기숙사 지붕의 눈을 녹이던 일요일 오후, 샤오링은 기숙사 정문 경비원실 옆에 서서 포도가 그려진 손수건으로 입과 이마를 연신 닦으며 서 있었다. 샤오링이 경비원이 타던 자전거 옆에서 커다란 바퀴벌레를 물리치며 손수건으로 입을 가리는 모습을 보고 나는 저안이에게 달려가 말했다.

야, 샤오링이 지금 태양을 먹고 쓰러질 것 같아. 빨리 나가봐.

나는 화가 난 목소리로 말했지만 저안이는 개의치 않고 남녀가 발가벗고 앉아서 서로 마주보고 껴안고 있는 책, 그러니까 남녀의 성기가 그대로 드러난 요상한 책만 들여다보고 있었다. 나는 다시 기숙사 3층 복도 끝으로 가서 샤오링을 몰래 보았다. 그녀는 여전히 그 자리에 서서 황소개구리만 한 바퀴벌레를 발로 물리치고 있었다.

. . .

샤오링은 로맨스 드라마의 여주인공처럼 집이 부유하고 착했다. 그들이 헤어지기 전 한번은 그녀의 집에 나까지 초대되었는데 대만 남부 도시 화롄(花蓮)이었다. 그곳은 대만에 오면 꼭 한번 가봐야 한다는 타이루거(太魯閣)라는 아찔한 협곡이 있는 관광도시였다. 초대를 받은 저안이와 나는 기차를 타고 화롄으로 갔다. 샤오링은 분홍색 원피스를 입고 기차역에서 손을 흔들고 있었다. 그녀는 향신료가 듬뿍 들어간 카레를 점심으로 대접했고 산책을 하자며 바이양(白楊)길로 우리를 안내했다. 웅장한 대리석과 자연의 풍경은 타이베이와는 사뭇 달랐다. 어떤 동굴도 들어가 보았다. 어두운 동굴은 싫었지만 앞서가는 샤오링과 그녀의 오빠들을 따라 들어갔다. 동굴 산책은 처음이었다. 동굴 안은 시원했고 거기에 맞는 냄새가 나왔다. 동굴을 나와 흔들거리는 협곡의 다리를 건널 때는 타잔처럼 저 아래로 몸을 날리고 싶은 충동이 들기도 했다. 그러면 거대한 코끼리가 나타나 나의 몸을 코로 감싸안고 그의 등위로 올려줄 것 같았다. 하지만 나는 그렇게 하지 못했다. 오히려 두 다리에 힘을 주었고 고개를 전혀 들지 못했다.

타이베이와 마찬가지로 그곳에도 힘없는 비는 내렸는데 이미 알았는지 샤오링은 악어의 꼬리가 허공으로 솟구친 우산을 여러 개 준비해왔다. 우산을 건네줄 때 나는 그녀가 자신은 비를 맞으면서도 저안이를 챙기는 모습을 보았다. 그러면서도 그녀는 기뻐했다. 저녁에는 북두칠성이 가장 잘 보인다는 해변으로 우릴 안내했다. 종종 웃어주는 미소와 부드러운 대만발음은 내가 마치 그녀의 남자친구가 된 느낌이 들기도 했다.

밤이 되자, 샤오링의 자신의 집으로 우리를 초대했다. 역시 기대했던 훠궈가 나왔는데 저안이네 집에서 먹었던 내용이랑 별반 차이는 없었지만 국물이 좀 달랐다. 저안이집이 소고기 육수라면 이곳은 해산물 육수의 느낌이 강했다. 배는 농구공이 들어간 것처럼 부풀어 올랐다.

그녀의 집은 예뻤다. 햇살이 너무 눈부셔 이마에 손을 대어 차양을 만들어야 하는 그녀의 집은 정원이 있는 전원주택이었다. 거기에 비하면 저안이네가 망하고 새로 이사한 집은 낡았고, 수리해야 할 곳이 많은 몹시 피곤해 보이는 헛간 수준이었다. 집이 죽어가고 있다고나 할까. 보는 사람도 애처로울 정도의 외부와 내관을 갖추고 있었다. 나는 저안이의 집에서 나의 코트를 벗어 어디다 걸어놓아야 할지 몰라 한참을 두리번거리다 낡고 찢어진 소파 위에 올려놓은 기억이 떠올랐다. 거기에 비하면 샤오링의 집은 별장이요, 궁전이라고 해도 전혀 손색이 없었다. 나는 원통형의 창문으로 바다가 내려다보이는 샤오링의 2층 거실을 빙빙 돌며 말했다. 야, 졸업하면 결혼해라. 너무 좋다. 그때 저안이는 창밖을 바라볼 뿐 아무 말도 하지 않았다. 그리고 이미 마음을 굳힌 듯 타이베이로 올라오고 일주일 뒤, 샤오링에게 이별을 선언했다.

설산으로 가야 한다고
티베트로 가야 한다고
그럼 언제 돌아올지 모른다고
그러니 헤어져야 한다고
기어코 작별을 선언했다.

느닷없이 폭설이 내리던 오후, 샤오링은 울면서 나에게 전화를 했다. 티베트가 나보다 중요한가요? 나보다 좋은가 봐요. 그죠? 그녀는 기숙사 후문 옆 오토바이 보관소에서 저안이를 기다리는 중이라고 했다. 그 소리를 듣고 나는 저안이의 기숙사 방으로 쳐들어가서 그래도 여자친구가 더 중요하지 않느냐고 추궁할 생각이었다. 그런데 그의 방문을 열자마자 나는 곧 나의 생각을 접을 수밖에 없었다. 그놈은 아무렇지도 않은 듯 티베트 경전을 읽고 있었고 방에서는 어디서 어떻게 구했는지 티베트 향초 냄새가 가득했다. 그놈은 내가 왜 왔는지 물어보지도 않고 나에게 고개조차 돌리지 않았다. 나는 방문을 세차게 닫고 3층 복도 끝자락으로 뛰어가서 아래를 내려다보았다. 샤오링은 그 자리에 서 있었다. 거대한 눈이불이 그녀를 덮치고 있었지만 샤오링은 거부하지 않았다. 시간이 지날수록 사방은 눈의 나라가 되었고, 샤오링은 설인이 되어갔다. 그날 샤오링은 새벽까지 눈을 맞고 오토바이 옆에 서 있었다. 내가 전날 만들어놓은 작은 눈사람 옆에서 그녀는 거대한 설인으로 변해갔다.

에필로그

◈

바다는 파도가 잠잘 때 거울이 되고 불은 적요할 때 빛난다.

1만 년 전
링의 땅에 나무가 태어났다.
태양은 가까웠고 설산은 멀었다.
나무는 메말라 죽을 지경에 이르렀다.

바위 같은 우박이 쏟아지던 날
나무는 혼미한 상태에서 깨어났다.
뿌리 쪽에서 이상한 기분이 들었기 때문이다.

뭘까?

처음 맛보는 찐득한 물이 흘러와 뿌리를 적셨다.
나무는 힘을 다해 빨아들였다.
빗물과는 다른 맛과 냄새가 났다.

. . .

봄은 초록이 아니라 노란 황금빛이다. 구름이 내려와 물었다.

구름: 넌 나무인데, 왜 붉은 옷을 입고 있니?
나무: 그건 나도 몰라.
구름: 모른다고?
나무: 응. 그럼, 넌 왜 하늘에 걸려 있는지 아니?

구름은 아무 말도 하지 못했다.

나무는 스스로 흘러오는 땅속 물을 좋아했다. 그 물은 밍밍하지도 시큼하지도 않았고 매번 맛과 냄새가 달랐다. 흠뻑 마실 때도 있었지만 아쉬울 때도 있었다.

뜨거운 아침, 나무는 자신이 펼친 그늘 아래로 동물들이 모여들어 하는 말을 들었다.

코끼리: 인간의 몸속에 '피'가 저렇게 많은 줄 몰랐어.
사슴: 그러게 말이야. 저 많은 피가 어떻게 몸속에 있었을까.
독수리: 그야 당연하지.
코끼리: 뭐가 말이야?
독수리: 살아 있는 몸과 죽은 몸은 다른 거야.

냄새와 그 냄새에 관한 기묘한 이야기

사슴: 다르다고?

독수리: 피는 땀과 오줌과는 달라. 가득 찬다고 스스로 나오지 않지.

코끼리: 그럼?

독수리: 피는 스스로를 드러내지 않지. 피부를 가르고 살을 쪼개야 나와.

코끼리: 왜지?

독수리: 피 속에는 아주 중요한 것이 숨어 있거든.

나무는 그들의 이야기를 듣고 생각했다.

내가 마시는 것은 인간의 '피'구나.

· · ·

해부사와 제자가 걸어오는 모습이 보인다. 나무는 잎사귀를 살포시 떨며 그들을 기다렸다. 해부사가 나무 그늘로 들어와 제자들과 둥글게 선다.

해부사: 숨(嗾)을 가진 생명체들은 그러니까 욕(慾)을 가진 존재들은 자신만이 간직한 고유의 냄새가 있다.

제자 1: 욕(慾)이란 게 뭔가요?

해부사: 욕심, 욕망, 욕구, 탐욕, 질투, 경쟁, 정복, 소유하고자 하는 부글거리는 마음이지.

바닥에 쭈그리고 앉아 해부상자를 열던 또 다른 제자가 물었다.

　제자 2: 거기서 냄새가 난다는 건가요?

　해부사: 나지. 숨을 쉬고 움직이는 것에는 반드시 소리와 냄새가
나지.

　제자 3: 소리와 냄새요?

　해부사: 죽음을 앞둔 노인에게는 쪼그라든 엉덩이의 냄새가 나고
갓 태어난 아기에게는 야들하고 부드러운 발뒤꿈치의 냄새가 나지.

　제자 4: 그럼 저희들은 어떤 냄새가 나나요?

　해부사: 발을 들어보아라. 거기에는 탄생과 소멸의 냄새가 담겨
있다.

그러자 제자들은 저마다 신발을 벗고 발을 들어 냄새를 맡았다.

　해부사: 숨을 가진 존재들은 저마다의 '속도'와 '리듬'이 있다. 그
걸 '호흡'이라고 하지. 그 규칙적인 또는 가쁜 호흡은 저마다의 존재
방식이다. 거기에는 옳고 그름이 없다. 아름답고 추함이 없지. 그저
다를 뿐이야. 다만 호흡이 불균형하거나 흐트러지면 병이 나거나
아프게 되지. 죽음으로 가기도 하고.

나무는 그림자를 넓게 펼쳐 태양으로부터 해부사의 몸을 가려
주었다.

　냄새와 그 냄새에 관한 기묘한 이야기

．　·　·

물은 바람을 만날 때 물결[紋]이 된다.

다음날, 이번에는 해부사와 그의 스승이 걸어왔다. 그들은 나무 밑까지 걸어오더니 그림자 속으로 들어가 누웠다. 눈을 감고 신발을 벗었다. 흙이 묻은 발가락이 하늘로 향했다.

　　해부사: 스승님, 마음이란 무엇입니까?

　　스승: 저기, 하늘이 보이는가?

　　해부사: 네. 보입니다.

　　스승: 나무가 우릴 감싸고 있는 것이 느껴지는가?

　　해부사: 네. 느껴집니다.

　　스승: 저기, 개 한 마리가 어슬렁거리는 것이 보이는가?

　　해부사: 아니요. 보이지 않습니다.

　　스승: 울고 있는 저 태양이 보이는가?

　　해부사: 모르겠습니다.

　　스승: 그래. 그것이다. 단지 그것뿐이다. 그것이 우리가 수행하는 '스스로 완전한 상태'의 핵심이다. 어떤 현상에도 마음의 흐트러짐 없이 깨어 있는 상태를 유지하는 것이 중요하다. 그러니까 밥을 먹든, 시신 해부를 하든, 걷고 있는, 말을 하든 항상 지금의 '나'를 잊지 말아야 하는 것이다.

스승이 말을 이어간다.

> 스승: 내일과 죽음 중에 어느 것이 더 빨리 올 거라 생각하느냐?
>
> 해부사: 내일이 아닐까요?
>
> 스승: 그럴까? 사람들은 미래를 중요하게 생각한다지?
>
> 해부사: 그런 모양입니다.
>
> 스승: 쟁취하고 소유하고 더 빨리 더 높이를 원한다지?
>
> 해부사: 평지의 삶은 그랬습니다.
>
> 스승: 비행기를 타고 배를 타고 우주선을 타고 싶어 줄을 선다지?
>
> 해부사: 들었습니다.
>
> 스승: 물고기를 잡아 올리고 그 고기를 태워 먹으며 즐거워한다지?
>
> 해부사: 보았습니다.
>
> 스승: 높은 곳에 집을 짓고 아래를 내려다보며 그걸 행복하다고 느낀다지?
>
> 해부사: '부자'라고 한답니다.
>
> 스승: 자신의 내면보다는 타인의 생활이 더 궁금하다지?
>
> 해부사: 그런 모양입니다.

•　　•　　•

여름은 예기치 못한 사이에 불쑥 싱그러움을 드러낸다.

나무는 시간이 지날수록 이상한 느낌이 들었다.

인간의 냄새는 식물과 다르다는 것을

인간의 냄새는 동물과 다르다는 것을

냄새에는 과거가 담겨져 있다는 것을

냄새는 경계를 긋지 않는다는 것을

냄새는 기억을 소유하고 있다는 것을

그리고

인간의 냄새는 향기보다는 악취가 많이 난다는 것을

나무는 날이 갈수록 인간들이 가지고 있는 냄새를 판별할 수 있었다. 그것은 능력이라고 할 만큼 커져갔다. 아무리 두터운 화장을 하고 갑옷을 입고 있어도 인간의 냄새는 가늠할 수 있었다. 어떻게 이럴 수 있지? 나무는 의아했다. 하지만 알 수 없었다. 그건 자신이 왜 이곳에서 탄생했는지 언제 소멸할지 모르는 것과 같았다.

메뚜기와 무당벌레가 자신의 잎사귀에서 춤을 추고 있을 때, 나무는 자신의 그림자에게 물었다.

나무: 사람들의 냄새가 들어와요.

그림자: 그게 무슨 말이야?

나무: 이곳에 올라온 사람의 냄새가 맡아지면 신기하게도 그 존재의 과거를 알 수 있어요.

그림자: 무슨 과거?

나무: 그의 성격, 성질, 취향, 가족, 관계 말이에요. 그건 내가 아무리 잎사귀를 떨어도 막을 수가 없어요. 어떤 날은 모자를 코까지 눌러쓴 사람이 이곳에 올라왔는데 냄새를 맡아보니 그 사람은 살인을 하고 이곳에 왔더라구요. 숨어들어온 거 같았어요. 불안과 초조의 냄새가 가득했어요.

그림자: 그건 좋은 걸까? 나쁜 걸까?

나무: 모르겠어요.

그림자: 숨겨진 비밀을 안다는 것은 친구가 될 수도 있지만 적도 될 수 있지.

나무: 나는 어쩌다 인간들의 냄새를 맡을 수 있게 된 거죠?

그림자: 피. 아마 매일 마시는 '피' 때문일 거야.

나무: '피'라고요?

그림자: 뼈에 영혼이 숨어 있듯이 피에는 그 존재의 본질과 과거가 숨어 있지.

나무: 설마요?

그림자: 난 그렇게 생각해. 피는 그 존재의 인장(印章)과도 같은 거야. 소리에도 고유한 지문, 성문(聲紋)이 있듯이 냄새도 그것이 있어. 그건 숨어 있지만 마침내 그 모습을 드러내고야 말지.

나무: 모르겠어요.

그림자: 너는 매일 그걸 마시고 있어. 너도 모르게 몸속에 저장되고 있는 거지. 뿌리, 기둥, 잎사귀, 줄기, 가지 등에 골고루 퍼져 저장되고 있어. 이곳에 올라온 모든 사람들의 냄새를 말이야.

나무: 무서워요.

냄새와 그 냄새에 관한 기묘한 이야기

그림자: 피는 껍질(피부)과는 달리 존재의 속성과 성질을 가지고 있어. 선하기도 하고 악하기도 하지. 당당하기도 하고 부끄러워하기도 해. 그래서 사람마다 맛도 다르고 냄새도 다른 거야. 너는 머지않아 대상의 감정도 읽게 될 거야.

그림자: 감정을 읽는다고요?

그림자: 응. 그렇게 될거야.

나무는 그림자의 이야기를 듣고 자신이 매일 마시는 피를 통해 인간의 다양한 냄새가 저장되고 있음을 생각하게 되었고 그 냄새들에는 그들의 희로애락(喜怒哀樂)과 생사(生死)가 담겨 있음을 알게 되었다. 나무는 기뻐해야 할지 슬퍼해야 할지 몰랐다. 피의 맛과 냄새는 한번 들어오면 기억되었다. 잊혀지거나 사라지지 않고 저장되었다. 뿌리를 흔들고 잎사귀를 떨어뜨려도 들어온 냄새는 없어지지 않았다. 날이 갈수록 냄새의 저장은 거대해졌지만 아프거나 메슥거리지는 않았다. 오히려 몽롱한 기분이 들었다.

· · ·

가을은 바람과 번개를 가지고 온다.

여름이 지나가고 가을이 우울하게 왔을 때 나무는 독특한 냄새를 맡았다. 그건 처음 맡는 냄새였다. 하늘사원 뒤쪽 작은 동굴에서 뿜어져 나오는 냄새였다. 나무는 힘을 주어 그 냄새를 끌어들였다.

정체가 뭐지? 동굴 속의 냄새는 놀라웠다. 여태까지 한 번도 그런 인간의 냄새를 맡아본 적이 없었다. 자신에게 저장된 어떤 냄새와도 달랐다.

동굴 속의 존재는 남자였다. 허벅지 사이에서 지린내가 났다. 매일 벽을 긁는 소리가 났고 그 소리에 어울리는 어떤 냄새가 났다. 분노와 답답함 같은. 그러다 시간이 좀 지나더니 성기가 바지 밖으로 드러날 만큼 발기하는 냄새, 밖으로 나가고 싶어 땅을 파는 냄새, 배가 고파 창자가 뒤엉키는 냄새, 무릎이 아파 휘청하는 냄새, 잇몸이 헐어 고름이 뭉치는 냄새가 났다. 그렇게 2년쯤 지나자 명상하는 무릎, 경전 읽는 혀, 시를 짓는 손 냄새가 났다. 그러다 어떤 날은 하루 종일 우는 냄새가 나기도 했다.

그의 뼈 냄새는 독특했다. 그의 뼈는 너무 가벼워서 양팔을 벌려 새처럼 자세를 하면 금방이라도 하늘로 날 수 있을 것 같은 새 날개와 같은 냄새가 났다. 그 냄새가 독특해서 나무는 매일 주의를 기울여 그의 냄새를 끌어와 맡고 음미했다. 그가 사는 동굴의 냄새는 매일 나무에게 와 알려주었다. 동굴 속의 그 사람은 어제와 다름없다고.

· · ·

오늘의 시신이 올라온다.
할아버지

냄새와 그 냄새에 관한 기묘한 이야기

여인

소녀.

저것으로 오늘의 수분은 충분하다. 나무는 기분이 좋아진다.

인간으로 살면 어떨까? 두 다리로 걷고 말을 하고 관계를 맺고 가족을 이루고 연대를 이루면서 사는 일상은 어떤 느낌일까? 나무는 그 감정을 느껴보고 싶었다.

해부사가 누런 앞치마를 펄럭이며 걸어오더니 그림자 속으로 쏘옥, 들어온다. 이마를 주먹으로 쓸고 숨을 가눈다. 나무는 그의 몸을 빨아들인다. 그의 뺨, 겨드랑이, 광대뼈, 이마, 머리카락, 목, 성기, 항문의 냄새를 최대한 흡입한다. 그의 구멍에서 나오는 모든 냄새를 저장한다. 인간이 소유한 구멍에서 탄생과 죽음은 이루어진다. 해부사의 어제가 느껴진다. 그의 기분을, 그의 관계를, 그의 노동을, 그의 애정을, 그의 수양을, 그의 고뇌를 읽을 수 있다. 냄새는 거짓말을 하지 않는다.

· · ·

겨울은 봄을 기다리는 야크의 숨이다.

먹고 싶은 함박눈[雪]이 내리던 날, 나무는 궁금했다. 나는 어떤 냄새를 가지고 있을까. 수백 년을 이곳에서 살아왔지만 한 번도 자신에게서 풍기는 냄새를 맡아보지 못했다. 인간들이 자기 냄새를 맡지 못하듯이 나무도 자신의 냄새를 맡을 수가 없었다. 나무는 그림자에게 물었다.

나무: 나의 냄새를 어떻게 맡죠?

그림자: 그건, 해부사에게 물어봐. 나에게서 어떤 냄새가 나요? 하고 말이야.

나무: 해부사요?

그림자: 그는 알 거야. 매일 너에게 와서 땀을 식히고 숨을 고르잖아.

나무: 나는 인간으로 환생하고 싶어요.

그림자: 설마?

나무: 세상에 존재하는 모든 냄새를 기억하는 인간으로요.

그림자: 사과나 독수리로 태어나도 좋잖아?

나무: 그것도 좋지만. 나는 인간으로 태어나고 싶어요.

그림자: 왜지?

나무: 고백하고 싶어요.

그림자: 누구에게 말이야?

나무: 그에게요.

그림자는 가만히 기다렸다. 나무의 다음 말을.

나무: 그에게 다가가서 당신은…당신은 말이죠…세상에서 가장 향기로운 냄새가 나는 사람이라고 말하고 싶어요. 그렇게 하고 싶

냄새와 그 냄새에 관한 기묘한 이야기

어요.

잠시의 침묵이 흐르고 바람이 불자, 나무는 수줍게 말을 이어갔다.

　　나무: 그는 인간의 껍질을 하고 있지만 인간에게서 맡아보지 못한 냄새가 나요.
　　그림자: 어떤 냄새지?
　　나무: 자기를 버리는 냄새가 흘러나와요. 그리고 자기가 원하는 것에서 자기를 깎는 냄새가 나요.
　　그림자: 그게 무슨 말이지?
　　나무: 그건 설명할 수 없는 세상 최고의 냄새라고 할 수 있죠. 그에게 말하고 싶어요.
　　그림자: 무슨 말?
　　나무: 당신은 세상 가장 낮은 곳에서 나는 냄새를 가진 사람이에요.

저자의 말

◈

아마도 인류는 머지 많아 우주여행을 할 수 있을 것입니다. 토성에서 폭포를 보고 금성에서 커피를 마시고 목성에서 산책을 할 수 있을 것입니다. 달과 지구를 감상하며 잠을 청하고 티베트를 본뜬 어떤 행성에서 휴가를 계획할 수도 있을 것입니다.

하지만 우리는 현재를 살고 있습니다. 아무런 대가 없이 매일 왔다가 사라지는 태양, 별, 달, 구름, 비, 바람, 안개 등과 같이 살고 있습니다. 그것들은 어디에서 왔을까요. 어디로 가고 언제 소멸하는 걸까요. 우리가 어떻게 그 시간에 그곳에서 태어났는지 모르듯이 그들의 탄생과 소멸도 의문입니다.

가만히 보면 태양과 달은 일정한 리듬을 보여줍니다. 존재의 루틴이라고 할까요. 하루도 빼먹지 않고 사계절 동안 나타나고 사라집니다. 아마도 끈기와 성실함은 이 지구에서 최고일 겁니다. 그들의 움직임과 리듬은 변화와 순환을 요청하고 보이지 않는 소리와 냄새를 발산합니다. 그들은 거짓말을 하지 않지만 만물의 삶과 죽음에 영향을 미치기도 합니다. 식물이 태양을 쫓고 동물이 달을 사랑하지만 그것들은 개의치 않고 생명체들을 살리기도 하고 죽음으로 인도하기도 합니다. 하지만 태양과 달은 자신들의 일상에 어떤 의미도 가치도 부여하지 않습니다. 그저 뜨고 지고 할 뿐입니다.

우주여행과 지구
문명과 기술
과학과 진보
살고 죽는 것
물질과 영혼
생명과 권태
더하고 덜어내는 것
불행과 행복
태양과 달

그리고

보이지 않는 것들을 생각합니다.

소리
냄새
리듬
공기
체온
감정

냄새와 그 냄새에 관한 기묘한 이야기

기억

추억…이런 것들 말입니다. 이미 로봇이 우리 일상을 대신하는 세상에 이런 것들이 무슨 소용이냐고 또는 어린아이 같은 이야기라고 유치하다고 간주하는 사람도 있을 겁니다. 하지만 나는 앞서 말한 그런 시절, 그러니까 머지않아 지구를 떠나 새로운 행성에 간다 해도 인간은 결코 만족을 하지 못할 것이라는 생각이 듭니다. 그곳에서도 인간들은 또 미래를 위한 경쟁을 할 것이고 더 빨리, 더 높이, 더 멀리, 더 먼저, 정복의 깃발을 붙잡고 있을 것이란 생각이 듭니다. 내가 이미 죽어 그 시대가 오더라도, 걱정할 필요가 없을지라도 말이죠. 문득 미친 듯이 먹지 않는다면 배는 덜 고플텐데, 라는 말이 떠오릅니다.

개인이나 국가나 눈과 혀보다는 소리와 냄새를 경쟁과 독점보다는 연대와 베풂을, 자동차와 공장보다는 환경과 자연을 생각하는 게 좀 더 필요할지도 모른다는 생각이 듭니다.

아무리 생각해도 빛과 불의 속도보다는 우리들의 감정과 관계가 소중하다는 생각이 듭니다. 이것 없이 우주선을 타고 지구를 감상한들 무슨 설렘이 있을까요?

후기

◈

이 글의 초고를 쓰던 2019년에 저는 티베트를 두 번이나 다녀오게 되었습니다. 한번은 라싸에서 열린 국제포럼이었고 또 한 번은 한겨레신문에서 주최한 티베트-네팔 여행이었습니다. 그때 저는 마법과도 같이 이 글의 주인공인 나의 친구 저안이를 베이징에서 만나게 되었습니다. 무려 17년 만에 그를 다시 만난 것입니다. 멀리서 보았는데도 나는 그를 느낄 수 있었습니다.

너, 맞지? 저안이?
응. 맞아. 나야.

우리는 악수보다는 포옹을 했습니다. 울지 않았고 서로의 얼굴과 몸을 쳐다보느라 정신이 없었습니다. 나는 말했습니다. 지금 너와 나에 관한 이야기를 쓰는 중이라고요. 너를 찾아 떠난 티베트 여행에 관한 이야기라고 말해주었습니다. 그는 기억이 난듯 작게 웃으며 라마승처럼 깎은 자신의 머리를 만졌습니다.

우리는 그전 하늘사원 동굴에서처럼 아주 오랫동안 이야기를 나누었습니다. 새벽 여명이 밝아왔고 헤어질 때가 오자, 저안이는 뜬금없이 신발을 벗어 자신의 맨발을 나에게 보여주었습니다.

왜? 나는 물었습니다.
저안이는 뒤로 돌아서더니 맨발로 까치발을 했습니다.
뭐야? 나는 미소를 지으며 그의 발을 쳐다보았습니다.
여기를 봐. 그는 손짓했습니다.
어디? 나는 그의 손가락을 쳐다보았습니다.
그는 자신의 발뒤꿈치를 보여주었습니다.
왜? 뭐가 묻었어?
이게 내가 그곳에서 내려온 이유야.
내가 고개를 갸우뚱하자 그는 말했습니다.

저안: 깨달음은, 공부는, 수행은, 관계는 현실과 떨어질 수 없다는 생각이 들었어. 공부는 발을 하늘에서 대롱거리는 것이 아니라 땅에 딛고서 구질구질한 현실 속에서도 그것들을 피하고 도망가는 것이 아니라 정면으로 마주해야 한다는 것을 말이야. 나는 이제 이 발꿈치를 허공이 아니라 땅에 붙이고 살아. 나의 소중한 사람들과 함께 말이야.
나: 그랬구나.
저안: 우리들이 가지고 있는 마음, 감정, 영혼, 기억은 문명의 속도를 따라갈 수 없어. 그래서 내가 원하는 것들로부터 나를 지키는

냄새와 그 냄새에 관한 기묘한 이야기

것이 소중해졌어. 그리고 말이야?

　나: 응. 그리고?

　저안: 이젠 마음도 편해졌어. 아침마다 솟아나던 불안과 초조는 더 이상 나타나지 않아.

우리는 다시 한 번 안았습니다.